庫

癌《がん》病《びょう》船《せん》

西村寿行

徳間書店

目次

第一章　処女航海へ

1

籤《くじ》に当たった少女を囲んで両親と幼い妹と弟の四人は、泪《なみだ》を流した。

二DKの狭いアパートだった。

両親が一部屋を、子供三人が一部屋を使っている。子供部屋は四畳半だから、それぞれが机を置くことはできない。

三人ともねそべって勉強をした。

長女の夕雨子《ゆうこ》は十三歳になる。

夕雨子が勉強をしなくなって、もう、ひさしい。

白血病に罹《かか》ったのだった。

最初は体がだるくなった。微熱もつづいた。しかし、両親は自分たちの仕事が忙《いそが》しくてかまっていられなかった。父の大月雄三はタクシードライバーだった。母の由紀子は近所の工場に勤めていた。化粧品の瓶《びん》の蓋《ふた》を造る会社だった。

夕雨子の皮膚が脆《もろ》くなった。

引っ搔《か》き傷がすぐに化膿《かのう》した。ちょっとした怪我をすると血がなかなか止まらない。

そうこうしているうちに肺炎を引き起こした。

両親は近所の開業医の紹介で大学病院に行った。

白血病であった。

細い血管の中で白血球が猛然と増殖していた。

夕雨子はその日に無菌室に隔離《かくり》された。

飽和状態まで抗癌剤を投与する飽和療法が行なわれた。

広いマンションに移るために貯《た》めていたいのちより大切なおかねが、消えた。

夕雨子は維持療法に移った。

両親は夕雨子を病院から引き取った。

死ぬか生きるかは半々だというのが医師のことばであった。生存率五十パーセントというのが、白血病と闘う医師団が死物狂いになってかち得た数字であった。

両親は夕雨子は死ぬと思った。

放射線治療で夕雨子の若い髪の毛はいのちを失っていた。ブラシを当てるとポロポロと抜け落ちる。固くて太い、しっかりした髪の毛だったのが、褐色に褪《あ》せて細くみにくくちぢんでいた。

夕雨子自身も死ぬことを承知していた。

両親は泣いた。

貧しい両親だった。夕雨子に何一つしてやれなかった過去が胸に重いうめきとなって荒れ狂っていた。

両親はある日、新聞記事に目を落とした。

癌病船

その活字が両親の目を吸い寄せた。

説明があった。

世界保健機関（ＷＨＯ）の付属機関であるリチャード・スコット記念財団が難病と

闘う癌病船を建造したというのだった。

総トン数、七万二千トン。総工費二千二百億円をかけた想像を絶した巨大な癌病船であった。

癌病船は文字どおり癌と闘うために建造されたものであった。病室が八百室ある。八百人の患者に医師が三百名つく。

看護婦はマンツーマンで八百名。技師・薬剤師が八十名。

病院治療部門だけで千百余名が乗り込む。

病院事務部門が二百七十名。

癌病船乗員《クルー》が三百五十名。

医師団は世界でもトップレベルが厳選されていた。

医療機器はもちろん最新鋭であった。

癌病船は北斗号と命名されていた。

北斗号は七つの海を航海する。

癌で死にゆく病人に世界各地をみせたいというのが、建造の狙《ねら》いの一つであった。

陸地の病院は暗い。病室というよりは獄舎にひとしい。患者の心をもっとも蝕《むしば》むのが病院の機構そのものであった。医師も看護婦も忙しい。患者は獄舎のような部屋に閉じこめられて死を待たねばならない。

癌病船に収容された患者には看護婦がマンツーマンで世話をする。医師も四交替制である。癌病船は世界各地の港に寄港する。港町の旅情を満喫《まんきつ》できる。昇る朝陽の美しさも、沈みゆく夕陽の荘厳さも心ゆくまでみられる。

癌病船は十三層に分かれている。

ブリッジは最上階にある。そこは通称をキャプテン・デッキというが、癌病船ではAデッキと呼ぶ。その下がBデッキ、Cデッキとつづいて M デッキまである。
D、Eデッキにはレストラン、社交クラブ、ダンスフロア、映画ルーム、ゲーム室、ショッピングセンター、プロムナード・デッキなどがある。
Bデッキには銀行もある。

医師団の中には精神科とそれに付属するケースワーカー団も含まれている。

宗教家も乗船している。仏教、神道、キリスト教、イスラム教その他だ。

患者には完全自由が与えられる。

病室に縛《しば》りつけられて死を待つ暗さは、ここにはない。毎日が未知の海であり、未知の国である。

さだめられた死も、癌病船で未知の国々を訪ね、七つの海を渡りながらなら安らかに迎えられる。

もちろん、医師団は全力を挙げて癌と取り組む。七つの海を渡るうちには悪性の癌を制圧することもできないわけではない。何よりも患者の明日に托す希《のぞ》みが病魔との闘いには必要だ。奇蹟を癌病船は希むのではない。各人に奇蹟を生ましめる心の糧《かて》を与えようというのだった。

癌病船建造の目的はもう一つある。

癌病船には世界最新鋭の機器を網羅《もうら》した難病研究部門が設けられてある。研究スタッフは超一流を選抜してあった。

癌病船は医療途上国に寄港する。そこでその国の医師団を招いて集中講義を行なう。もちろん、その国の重症患者を診療し、治療方法を教える。

つぎつぎと医療困難国に寄港する。

本来の使命はそこにあるといってもよい。癌病船は世界の病魔に全面戦争を挑《いど》んで人類がはじめて造った希望の戦闘船であった。

ただ、問題があった。

癌病船は希望の船だ。しかし、収容患者は八百名である。世界中には何百万人の難病患者がいる。それをどうするかであった。

ニューヨークにあるリチャード・スコット記念財団がWHOの指導のもとで決定した解決策が、抽籤《ちゅうせん》であった。

収容患者八百名のうちの半分にあたる四百病室は有資格者用であった。癌病船運営資金の一部として一病室一億円で売りに出していた。死ぬまで滞在できる契約である。売り出し後二カ月間でほとんど売り尽くしていた。

残る四百病室を公募《こうぼ》した。

これはいっさい、無料である。必要なのは小づかいのみであった。

WHOを通じて世界各国政府が公募を受け持った。人口比によって、その国の当選者数が割り当てられていた。

夕雨子の両親は癌病船に夕雨子を乗せてやりたかった。夕雨子には死期が迫っている。二DKのアパートに閉じこもったままで死なせたくはなかった。夕雨子には旅行らしい旅行をさせたことがない。海水浴とか、小学校のときに遠足に行ったくらいだ。死が避けられないのなら、癌病船に乗せて七つの海を観《み》させたかった。異国の港町を観させたかった。

癌病船には付き添いは乗せない。医師団も看護婦も船員も各国人で構成されている。

リチャード・スコット記念財団が審査したひとびとだ。だが各国語の同時通訳設備があるという。ことばにはいっさい不自由はないという。

それに船長が日本人だった。

リチャード・スコットの古い友人だった白鳥鉄善《しらとりてつぜん》という名の大船長といわれる人物だという。

癌病船、北斗号も日本で建造している。

両親は神仏に祈りながら、応募したのだった。


夕雨子は黙っていた。

リチャード・スコット記念財団発行の乗船通知書がある。日本政府の認証もある。

夕雨子は、それをみつめていた。

夕雨子は癌病船に乗りたくはなかった。狭くても、両親と妹、弟の傍《そば》にいたかった。ここで死にたかった。もう間もなくいのちが尽きるのを知っていた。一日、一日といのちが薄くなってゆくのが皮膚にみえるのだった。

しかし、ここでは死ねないことを夕雨子は知ってもいた。両親と妹や弟が迷惑する。夕雨子がいるだけで家が暗くなる。母も働きはやめてしまっている。夕雨子が癌病船に乗ったら、家は明るくなる。暗い病院に入院するのではない。無料だ。最新医療機器が揃《そろ》っている。医師団も最高クラスが揃っている。

癌病船は横浜から出港する。全世界から集まった患者たちを乗せて九月一日にメリケン埠頭《ふとう》を離れる。

最初の寄港地はシンガポール。

真青な海を切って、クィーン・エリザベス二世号より巨《おお》きな北斗号は病魔との戦いに乗り出す。

両親は夕雨子が乗れたことを幸運に思い、神仏に日夜、祈りを捧《ささ》げる。いま頃はどこの海を観ているのか、どこの港町を観ているのかと。両親は何もしてやれない不甲《ふが》斐《い》なさを必死に祈ることで堪《た》える。

両親や妹、弟を救うためにも夕雨子は癌病船に乗ろうと思った。

「世界中が、観られるんだよ、夕雨子。それに、立派なお医者さんが揃っているし、海は、海は、夕雨子の病気を、治して、くれるかも……」

母は泪でことばがつづかなかった。

2

八月二十九日、正午。

横浜港メリケン埠頭に接岸した癌病船、北斗号で大パーティの幕が切って落とされた。

パーティの主催者は船長の白鳥鉄善であった。白鳥は短い挨拶《あいさつ》をした。

日本国首相が白鳥の後を継いだ。

列席者は五百人を超えた。

日本政府要人、各国大公使および領事。財界首脳。医学関係者。日本赤十字そして、報道関係者であった。

白鳥鉄善はホールの隅《すみ》に立っていた。

パーティは、白鳥は苦手であった。副船長のデビッド・ロートンに任《まか》せてある。ロートンは社交家であった。四万トン級の客船のキャプテンを勤めた経験がある。リチャード・スコット記念財団本部から派遣《はけん》された男だった。

北斗号乗組員三百五十人のうちのほとんどは、本部から送り込まれていた。

白鳥の裁量に任されたのは甲板部員のみであった。一等航海士一名、二等航海士一名、三等航海士一名の三名にすぎなかった。

宴が酣《たけなわ》になるのを待って、白鳥はパーティ会場を出た。パーティはDデッキで行なわれていた。船長室はBデッキ先端にある。Bデッキ先端は病院長、ゲリー・ハリソンの居室と二つに分かれていた。

双方ともに居室のほかに公室がついている。

白鳥が居室に戻ってすぐに来訪者があった。

一等航海士の竹波豪一が入ってきた。

「公電が入りました」

竹波はテレックスで入った本部からの指令を、白鳥に渡した。

「掛けろ」

白鳥は英文のテレックスに視線を落とした。

「貴殿の裁量にまかせる、か……」

紙片をテーブルに置いた。

「どうします？」

竹波は白鳥をみつめた。

財団本部のやりかたに竹波は肚《はら》をたてていた。

中東のある革命政府から追われているハッサン・マラディなる男が十日ほど前になって急に北斗号特別病室を買いたいと申し出たのだった。一億円の病室が現在、二部屋、売れ残っていた。マラディはその二室を買い取りたいと申し込んだ。二室で十億円を出す。そのかわり、自分のガードマンを五人、乗船させて欲しいというのだった。

ハッサン・マラディは肝臓癌にかかっていた。資格はある。WHOの一機関として認められたリチャード・スコット記念財団である。財団の綱領《こうりょう》にはいかなる国の人間であろうといっさいの差別を禁じるとある。ハッサン・マラディが何をした人物であろうと、資格さえあれば受けねばならない。それが鉄則であった。

ニューヨーク州ロングアイランド島オイスターベイにある財団本部には六人の最高委員がいる。その六人が癌病船運営の実権を握っている。もちろんWHOの監督は受ける。最高委員会でハッサン・マラディを受け容《い》れるかどうかが、検討された。

結論が出ない。マラディは日本円にして十億円を出すといっている。本部としては魅力がある。七万二千トンの船を航海させるには厖大《ぼうだい》な経費がかかる。

北斗号は出力、二十五万キロワットの加圧軽水冷却型原子炉を積んである。それで動かすタービン出力は十万馬力が二基である。燃料費はかからない。

額である。

だが、乗組員、医師団の給料、医療機器、研究機関費用その他にかかる経費は、巨額である。

たとえば横浜出港時に積む食糧を例にとると、鶏卵《けいらん》だけで十二万個である。ニンジン千五百キロ、トマト二千キロ、牛肉一万五千キロというふうになる。

それらが約一カ月で消費される。

財団は別に基金を持っている。それを運用して癌病船維持に充《あ》てることになっている。マラディの十億円は喉《のど》から手が出るほど欲しい。

だが、癌病船最初の航海で不祥事を起こしたくはない。

マラディの国の革命政府はマラディ殺しに莫大《ばくだい》な賞金をかけている。政府自体が殺害組織を作ってマラディを追っている。

本部では持て余した。

船長裁断となったのだった。

船長その他の任免権は財団本部最高委員会が持つが、北斗号そのものの支配権は船長にある。船が公海に出れば、その船内のすべての権力は船長に収斂《しゅうれん》される。

犯罪捜査権、逮捕、監禁の権利、子供が生まれた場合の登録証明、死体処理、武器使用など、立法、司法、行政の三権を船長は掌握《しょうあく》しているのだった。

「汚いやりかたです」

白鳥は黙っている。竹波は声を落とした。

本部最高委員会のほとんどは、白鳥鉄善を船長として起用することに難色を示していた。だが、故リチャード・スコットの法律顧問であったロナルド・パターソンが押えた。パターソンも最高委員の一人であった。

リチャード・スコットは、その財産のすべてをＷＨＯに寄付する。ＷＨＯ監督下にリチャード・スコット記念財団を設け、癌病船を建造する。その癌病船船長には友人の白鳥鉄善を起用すること。船名も白鳥に一任することとの遺書を残したのだった。

故人の意志は絶対である。パターソンは委員たちを押えた。

今回のハッサン・マラディを本部委員は利用しようとしている。かねは欲しい。だが、自分たちが決定して責任を背負いたくはない。船長に押しつけて、何かあれば白鳥を切ろうとの魂胆《こんたん》が、露骨であった。

「本部批判は、よせ」

白鳥はタバコを把《と》った。

「わたしに任せるとなれば、ハッサン・マラディを乗せるしかあるまい」

「しかし、それは、危険すぎます。わたしは、断わるべきだと思います」

竹波は意見を求められているわけではない。ことは船長判断にかかっている。口を出すのは一等航海士の分を超えている。だが、黙っているわけにはいかなかった。

竹波は白鳥鉄善をよく知っている。数年間、白鳥に鍛《きた》えられた経験がある。白鳥は寡黙《かもく》な男であった。齢《とし》は、たしか五十九歳になるはずだ。文字どおり七つの海を渡った海の男であった。

日本で大船長といえるのは白鳥をおいてほかにいない。

ここ数年、白鳥は海から離れていた。富士の裾野《すその》が生まれ故郷であった。白鳥は田畑をたがやして自適の生活を送っていた。その間、海上保安庁、海上自衛隊、商船大学などから教師としてたび重なる招聘《しょうへい》があったが、白鳥は動かなかった。

もう、海には戻らない――訪ねた竹波に白鳥はそういった。畑に石垣を築いたり、作物を育てるのが愉《たの》しいといった。

その白鳥が旧友、リチャード・スコットのたってでの懇望《こんぼう》で、海に戻ってきた。七万二千トンの巨体を持つ北斗号には、白鳥は似合っていた。身長百八十五センチ、体重八十五キロの偉丈夫である。堂々たる船長ぶりであった。

癌病船は全世界が注視している。癌への闘いの人類の最初の船出だと称賛する者もあれば、壮大な浪費にすぎないと酷評する者もいる。日本医学界は後者であった。冷たい目でみていた。

賛否が渦巻《うずま》いているのである。

もちろん、癌病船だから失敗するにせよ成功するにせよ、その責は病院長、ゲリー・ハリソンにある。白鳥は北斗号の運航にのみ責任を持てばよい。だが、ハッサン・マラディのような爆弾を抱えたにひとしい男の乗船を許しては、そこから生じる責はすべて船長たる白鳥鉄善に帰す。

竹波は、白鳥に汚名を被《き》せたくはなかった。

白鳥に命をたすけられ、以後白鳥を師と仰いだ、故リチャード・スコットの意志でもそれはあるまい。

断わるべきだと進言するしかなかった。

「竹波君」

「はい」

「本部にテレックスを送るのだ。ハッサン・マラディの乗船を許可する。ただし、護衛員の乗船は拒否する。条件はそれだけだ」

「キャプテン！」

竹波は顔色を変えた。

「いわせていただきます。護衛なしでマラディを乗せて、どうするのですか。あそこの革命政府はマラディを殺すか奪うかするためなら、他国に攻撃をもしかねない狂信者揃いです。そのための特別部隊を養成していることは、ご存じでしょう」

「知っておる」

「それなら、乗船を拒否してください」

「それは、できない。いかなる国の人間にも差別を禁じるというのが、鉄則だ」

「他の乗客の生命を、脅《おび》やかすことになります」

竹波は一歩も退《ひ》かなかった。

マラディを乗せれば、かならず不測の事態が起こる。航海に出てすぐかもしれない。癌病船は処女航海に就いたばかりで暗雲に突入するかもしれないのだ。

世界のもの嗤《わら》いの種になる懸念《けねん》が大だ。

「リチャード・スコットも、マラディを乗せることは希《のぞ》んでいますまい」

「もう、よせというておる」

「船長命令ですか」

「そうだ」

「もう、いうな」

「それなら、せめて護衛員だけでも……」

「やめんか、竹波君」白鳥は竹波を遮《さえぎ》った。「きみも、わたしのやりかたは知っているはずだ。ハッサン・マラディは資格のある病人だから、乗せる。だが、拳銃を振り回す男たちは、わたしの船には必要ではない。わたしは、北斗号はわたしの力で護《まも》る。スコットもわたしにそれを期待していると思う」

「………」

「もう、行きなさい。パーティにも一等航海士《チョイサー》のきみは、必要だろう」

白鳥はわずかに笑ってみせた。

「わかりました」

竹波は立った。

――老いたのかもしれない。

居室を出ながら、竹波は思った。船乗りには生涯、独身をつらぬく男がめずらしくはない。白鳥鉄善がそうだった。家族に向くべき目が自身にのみ向けられると、老いて、ひとは、かたくなになる。

3

巨船であった。

夕雨子はメリケン埠頭から北斗号を見上げて立ち竦《すく》んだ。生まれてはじめてみる巨船であった。船の両サイドはブルーで、船窓《せんそう》のあるところから上は真白だった。巨大なビルをみる思いがした。

夕雨子は両親にうながされて、歩いた。

乗船手続きは終えていた。

全世界から集まった八百人の難病患者のために外務省、厚生省、日本赤十字などの特別援護組織ができていた。各国語の通訳も配置されていた。遠い国から独りで来た患者も迷うことなく埠頭に導かれた。

夕雨子はおそろしかった。今日から独りきりになるのだった。そして、死ぬのだった。父と母が両手を握ってくれている。その手ともあとすこしで別れねばならない。

しかたのないことだとは諦《あきら》めていた。

それでも叫びだしたい衝動があった。

乗船がはじまっていた。各国籍の看護婦が患者に付き添って船内を案内している。夕雨子には日本人の看護婦がついた。

付添人は病室まで送ることを許されている。夕雨子は父母に挟《はさ》まれて病室に向かった。夕雨子の病室はHデッキとなっていた。最上階のAデッキとその下のBデッキおよびCデッキが特別病室になっている。一億円を払った患者の居住区だ。Dデッキ、Eデッキはレストラン、バー、ホール、演劇場、ショッピングセンターなどになっていた。

Fデッキ、Gデッキが病院デッキだった。放射線科、内科などと十八科が入っている。難病研究所もそこにある。HデッキからJデッキまでが一般病室になっていた。夕雨子の部屋はそのHデッキの船首部分にあった。

夕雨子の部屋番号はH—5であった。

ナースセンターの近くだった。

看護婦に導かれて部屋に入った。

夕雨子は瞳を瞠《みは》った。大きなガラス窓から横浜港がみえた。レースのカーテンと暗幕つきのカーテンが窓にはかかっていた。

部屋はすばらしかった。末期の病人を収容する癌病船だから部屋は白一色で檻《おり》に似ているものと思っていた。まるでちがう。壁も天井も木目のきれいな板張りであった。大きなベッドがある。床には分厚い絨毯《じゅうたん》が敷き詰めてあった。冷蔵庫もある。シャワールーム、トイレ、洗面室なども完備されていた。来客用のテーブルや椅子もある。

父の雄三と母の由紀子は顔を見合わした。

高級ホテルより豪華だった。ホテルの持つ冷たさがここにはなかった。天井、壁、絨毯などの色彩の調和がみごとに思えた。

雄三も由紀子もこんなにうつくしい部屋をみたことがなかった。自分たち親子五人の住んでいる二DKよりははるかに広い。

「よかったわね、夕雨子」

由紀子はそれまで堪《こら》えていた泪をこぼした。

部屋の豪華さをみて、はっきり、夕雨子と別れるときが来たのだと悟った。二度と会えない別れだった。夕雨子は癌に冒《おか》されている。北斗号は癌との戦いのために海に乗り出す。夕雨子はその第一陣として連れ去られる。夕雨子のいのちは世界保健機関（WHO）に引き取られたのだった。

「船長に、船長に、お目にかかれますか」

雄三も泣いていた。泣きながら看護婦に訊《き》いた。

何もしてやれない不甲斐ない父母だった。夕雨子には三百万円を渡してある。家を買うために溜《た》めたかねだった。食と住と治療費はいっさい無料だから、三百万円は夕雨子の小づかいである。洋服や下着類は大型トランク一杯に詰めて、送ってある。三百万あれば不自由な思いはするまいと思った。それが精いっぱいの父母であった。

看護婦は電話を把《と》った。

事務部にかけて船長に面会できるかどうかを訊いた。

じきに返答があった。船長公室においでくださいとのことであった。

看護婦に案内されて、エレベーターでBデッキに登った。

チーク材を張った広々とした公室に白鳥船長は待っていた。

雄三と由紀子は夕雨子を紹介して、おねがいいたしますと、何回も何回も頭を下げた。日本人の医師団もいる。同じに日本人看護婦団もいる。だが、病院長、副院長は外国人だった。夕雨子の癌は治りはしない。父母は、医師団よりも、大船長だとマスコミが伝えている白鳥鉄善に、すがりたかった。

「お任せください」

白鳥は笑顔で夕雨子を抱き上げた。生色のない肌の少女だった。頭髪も半分以上は脱《ぬ》け落ちている。痩せ細っていた。笑いを忘れてしまった少女だった。

少女の瞳は死をみつめていた。

「わたしにできるかぎりのことは、いたします」

泪を拭《ぬぐ》っている両親に、白鳥は夕雨子を渡した。

北斗号出港は九月一日午前九時であった。

その一時間前になって、病院長、ゲリー・ハリソンが白鳥に面会を求めてきた。

ハリソンは病院事務長のキース・ベルと甲板長《ボースン》のジョルジオ・タバッキを同道して船長公室にやってきた。

「ハッサン・マラディを乗せたことを、なぜ、黙っていたのです」

ハリソンの語調はするどかった。

「出港前に発表したら、トラブルが起こる。それだけの理由です」

「マラディを収容しては、病院治安に責任が持てない。退船の処置をとっていただきたい。病院事務長も、ボースンも同意見です。わたしは、副院長も含めて全医師団の要求を伝えております」

ハリソンは激怒していた。

マラディを乗船させるとは狂気の沙汰である。いつ爆発するともしれない時限爆弾を抱《かか》え込むにひとしい。安全が保てない。即刻、下船させるべきだというのが医師団および病院関係者の意見であった。

「断わります」

「断わる?」

ハリソンは立ったままであった。一歩、前に出た。

「あなたは、癌病船を航行不能にするつもりですか。あなたは大変な思いちがいをしている。キャプテンといえども、わたしはこの件では後に退《ひ》かない」

ハリソンも白鳥に劣らない体格を持っている。人との争いは好まないハリソンだった。だが、マラディを乗せるのだけは譲《ゆず》れない。

ハリソンは就職のために癌病船の院長になったのではない。

ペンシルバニア大医学部で小児癌をハリソンは研究した。スローン・ケタリング癌センター、フィラデルフィア小児病院等を経てベセスタ市にある国立癌研究所所長の地位にあったハリソンである。

小児癌では世界の権威との自負がある。

癌病船病院長を引き受けたのはリチャード・スコットに口説《くど》かれたからである。いや、口説かれたというのはあたらない。スコットの癌病船建造構想に感動したのだ。スコットは妻も娘も癌に奪われた。自身も食道癌で死んでいる。スコットの娘、マーガレットは十五歳で死んでいる。治療に当たったのがハリソンだった。スコット自身もハリソンが治療に当たっている。

ハリソンは病床のスコットに協力して癌病船建造構想を練り上げたのだった。院長に就任するよう、スコットに懇望されていた。スコットは遺言に船長と病院長を指名して、この世を去ったのだった。

ただの雇われ院長ではないとの自負が、ハリソンにはある。

「本部は、わたしに決断を任せた」

白鳥はおだやかに説明した。

「本部もあなたもまちがっている。世界中が癌病船の行方を見守っているのです。失敗を待っているひとびとも多い。また、癌病船の寄港に希みを託している医療途上国も多い。われわれは癌と戦いながら、医療というのはどういうものかを世界に向けてアピールする。そのための癌病船です。マラディを収容すれば、国際政治を持ち込むことになる。たった一発の銃弾が癌病船を航行不能に追い込むことになりかねない。そこを考えるべきだ」

「考えて、あります」

「これは、貨物船ではない」

「承知しています」

「あなたには、スコットの意志がわかっていない」

「わかっているつもりです」

「なら、マラディを退船させていただこう」

熱で眼鏡が曇っていた。

「ハッサン・マラディは乗船した。国際政治を持ち込むというが、国際政治を避けては、本船はどこにも行けない。WHOも全能では決してない。わたしには北斗号を目的地に向けて進める義務がある。障害がないとは、わたしも思わない。幾多の障害があろう。それを分けて進む。航海とは本来、そうしたものだ」

「………」

「失礼する。出港の時間だ」白鳥は時計を覗《のぞ》いた。「ボースン、部署につけ」

ジョルジオ・タバッキに命じた。

「われわれの仲は、決裂というわけか」

ハリソンが大声を投げた。

「あなたの聡明《そうめい》さを、わたしは信じている」

白鳥は帽子を把った。

4

癌病船、北斗号は出港した。

全長三百四十メートル。

全幅四十五メートル。

巡航速度で三十二ノット。最大速度では三十八ノットを出せる最新鋭船である。

横浜港から一直線に公海に出た。

そこから針路を南にとった。

白鳥鉄善はブリッジに立って海を観ていた。

広いブリッジには副船長のデビッド・ロートン、一等航海士の竹波豪一が詰めている。舵輪《ホイール》を握る操舵手《コーターマスター》と舵手が二人いる。もっとも、いまは舵輪《ホイール》を握ることはめったにない。

全自動航行《オートパイロット》になっている。

航海士が海図《チャート》テーブルで針路を測り、進むべき方角をセットすればそれでよい。自動航行装置には三百六十度の目盛りがついている。その目盛りに指針をセットするだけでよい。風や潮に流されても自動修正をする。航海士およびコーターマスター、および舵手は見張りがおもな仕事だ。

船長は航海中はめったにブリッジに立つことはない。

白鳥は大海原をみつめていた。

五年ぶりに戻った海だった。海運界は往時の活気を失っている。過当競争の時代であった。二度と戻ることはあるまいと思っていた。

特別の感慨があるわけではないが、しばらくはブリッジを立ち去りがたいものがあった。

事務長《パーサー》のマイケル・モーリスが入ってきた。

「どうかしたのか」

傍に立ったモーリスの表情が暗い。

「病院側が、明日の記念パーティ出席を拒否してきました」

「そうか……」

白鳥は広角度の窓の外に拡がる海に視線を向けた。

航海に就いたことを記念するパーティだった。船長主催だ。病院関係者千四百五十名、北斗号乗組員三百五十名合同のパーティであった。

「いかがいたしますか」

「しかたがあるまい。乗組員《クルー》だけでパーティを開く。その準備をしてもらおう」

たがいを紹介し合う親睦《しんぼく》を兼ねたパーティだから、取りやめるわけにはいかなかった。

「わかりました」

モーリスはきびすを返した。

「前途多難のようです」

竹波が傍に立った。

「らしいな」

「ハリソン院長は、ハッサン・マラディを退船させないかぎり、乗組員《クルー》との交流は拒否するつもりのようです」

「かまわん。われわれの使命は北斗号の安全航行にある。病院側との交流がなくとも、支障はない」

「ええ」

「トラブルに気をつけてくれ」

いいおいて、白鳥はブリッジを出た。

居室に戻った。


夕雨子はDデッキに迷い込んでいた。

夕刻が迫っていた。夕雨子は夜食を食べにEデッキに向かった。一般病棟患者用のレストランやショッピングセンターなどがあるのはEデッキだった。その上のDデッキは特別病棟用になっていた。

夕雨子は迷ってDデッキに入った。

食欲はあまりなかった。ただ、自室にいてもすることがない。歩けない患者は部屋に食事が届く。歩けても申し込めば食事は部屋で食べられる。

患者全員のカルテが集められ、それがコンピューターに記憶されていた。食事制限のある者、ない者、病状などによって部屋が割り当てられている。夕雨子の割り当てられたHデッキの患者はたいていが散歩くらいはできた。各部屋にはボタンのたくさんついたパネルがある。メニューだけのボタンがある。レストランに行く前にそのどれかのボタンを押しておくと、コンピューターが食事の指示を出せるようになっていた。Eデッキには巨大なレストランが二つある。患者用と船員や病院関係者用だ。レストランに入って席に就けばそれでよい。胸のH—5のマークをみてボーイがコンピューター指示どおりの料理を運んで来る。もちろん、追加注文もできる。食事制限さえなければなんでも注文できる。

夕雨子はそれらの説明を受けていた。

夕雨子についた看護婦は宮地里子といった。本来なら宮地が案内してくれるのだが、出港したばかりで病院関係者は忙殺されていた。

Dデッキとは知らないで夕雨子はプロムナード・デッキを歩いた。両舷にある広い通路をプロムナード・デッキという。船尾はサン・デッキになっている。夕雨子はそこでしばらく夕陽をみていた。

夕雨子はサン・デッキを出た。

ひとびとについて歩いているうちに、大きな部屋に入った。喫茶店の巨大なようなものに思えた。シャンデリアが幾つも幾つも下がっていた。夕雨子はおどろいて足が竦《すく》んだ。外国人がたくさんいた。レストランのようにもみえた。

レストランなら、腰を下ろせばよい。

夕雨子は大きな椅子に腰を下ろした。

しばらく待ったがだれも来ない。部屋に戻ろうと腰を上げたところへ、おそろしい怒鳴り声が落ちた。大男の外国人が夕雨子に怒鳴っていた。何をいっているのかわからない。ひとびとが夕雨子をみつめた。

近くの席に石根利秋《いしねとしあき》がいた。

石根は立った。初老の男が日本人らしい少女を摑《つか》み出そうとしていた。口汚くののしっている。少女の胸にはH—5のマークがある。HからJまでは一般患者だ。このDデッキには入れない。ここはファーストクラス専用の有料クラブだった。少女は迷い込んだもののようだった。襟《えり》を摑まれて、少女はおびえて体を前に曲げている。

「離しなさい」

石根は男の傍に寄って、男の腕を押えた。

「この汚いのは、おまえの娘か」

男はわめいた。

答える前に、石根は男の顎《あご》に拳《こぶし》を叩き込んでいた。男はふいを打たれてのけぞった。テーブルに倒れ込んで大きな音をたてた。

「侮辱は、ゆるさんぞ」

石根は、少女を背に庇《かば》った。

少女はみすぼらしかった。癌末期だ。放射線のかけすぎで髪の毛が半分ほど脱けている。皮膚に血色というのがない。死を待っているのはだれの目にもわかる。

石根は声をふるわしていた。

数人のボーイが走ってきた。

男は石根に向かってきた。石根は少女を離して、前に出た。男が殴りかかる前に石根の拳がまた、顎をとらえていた。

男は、くずおれた。

ボーイが男を抱えた。

「出よう」

石根は少女の手を引いた。

石根の部屋は最上階のAデッキにある。そこに少女を連れ戻った。歩きながら、名前をきき、病名をきき、癌病船に乗ったいきさつをきいた。

「おじさんも、癌なの？」

部屋に入って、夕雨子は訊いた。

「まあ、な」

石根はコーヒーをいれながら、答えた。

「強いのね、おじさん」

夕雨子はテーブルにほお杖《づえ》を突いて、石根を見上げた。

「昔、ボクシングをやっていたんでね」

「すばらしかったわ」

「ありがとう」

石根は、向かい合って腰を下ろした。

「さ、コーヒーだ。ともだちになろうか」

「うん」

夕雨子は、うなずいた。

「家に電話をしたいかね」

「海の上から、電話できるの？」

夕雨子はおどろいたようだった。

「できるとも。かけてあげようか」

石根は電話を把った。

夕雨子は、首を横に振った。

「なぜだね」

「ママが、哀しがるから」

「そうか……」

うなずいて、石根はチョコレートをすすめた。

夕雨子は十三歳だという。癌病船は出航第一夜を洋上で迎えようとしている。心細いはずであった。希望に燃える船旅ではない。いたれり尽くせりの癌病船とはいえ、死からは遠ざかるわけではない。この齢の少女なら泣き崩《くず》れてとうぜんである。母の声をといえば、泣きながら受話器にしがみつくはずであった。

だが、夕雨子は拒《こば》んだ。

母が哀しがるからという。

別離の哀しさが、石根には思われた。

小児癌というもののおそろしさをまざまざとみた思いであった。小児癌は増殖が旺《おう》盛《せい》だ。あっという間に若いいのちを喰い荒らす。

ふつうなら、夕雨子はともだちと遊び回っている。血色もよいし、髪もふさふさしている。うつくしい少女のはずであった。

死への独り旅に出た少女の覚悟がわびしかった。

それができるのなら、夕雨子の癌細胞を引き受けてやりたかった。少女を健康体にして、母の手に戻してやりたかった。

石根は、余命いくばくもないおのれを思った。

癌病船はシンガポールに直行する。そこからは周辺の医療途上国に寄港しながら、年末にはインド洋に向かう予定だ。正月はインド洋に浮かぶスリランカのコロンボあたりで迎えることになる。

さらにケープポイントを回って大西洋に入る。

石根のいのちはケープポイントまで保《も》つかどうかであった。おそらく大西洋には入れないのではあるまいかと思っていた。スペインまで生きていられればいうことはないと自覚している。

石根は六十歳になる。家族がなかった。

死を哀しんでくれる家族がいないというのは、ありがたかった。何かに執着すると容易に死ぬ覚悟はできないのではあるまいかと思っていた。

そうでもないことを、夕雨子に教えられた。

あらゆるものに少女は執着を抱いているはずだ。夕雨子はそれを自身の意志で断とうとしている。母さえも遠ざけようとしている。そこまで歩いてきた夕雨子の心の苦しみが思われた。

夕雨子を癌病船で送り出さねばならなかった父母の哀しみを、夕雨子はおそれている。

「看護婦さんが心配するといけないから、送って行こうか」

コーヒーを飲み終えるのを待って、石根は立った。

北斗号は高速で闇を裂いている。掻《か》き割《さ》く風が唸《うな》っていた。船内は灯が入っている。まるで光の洪水のようにおびただしい灯火がきらめいていた。

腹が減ってないのかと石根は訊いた。食べたくないとの答えだった。ともだちになったしるしに何か買ってあげようかといったが、夕雨子は欲しいものはないと答えた。

Hデッキの病室に送り届けた。

病室に入って、石根は立ち竦んだ。少女だから、人形とかそうしたものがいっぱいあるものと思いこんでいた。何一つなかった。

「人形は、嫌いなの？」

「かわいそうだから、置いてきたの」

そう答えて、夕雨子は窓辺に寄った。

「おやすみ。あした、訪ねて来るよ」

そういって、石根は病室を出た。

5

ハッサン・マラディはおびえていた。

死期が迫っている。癌が肝臓を蝕《むしば》んでいる。肝臓が石のように硬くなり始めている。牛を解体したばかりの肝臓《レバー》は血を含んで暗紫色で柔らかい。触れると生々しく手に重い。たっぷり生命力を含んでいる。

肝臓とは本来、そうでなければならない。それが自分の肝臓は石化しはじめている。端《はし》からセメントのように固くなっている。

よくて一年——医師団からはそう宣告されていた。尋常の経過ならほぼ半年で肝臓は動きをとめる。

それがわかっていても暗殺団は迫って来る。

死ぬ前に故国のイスラム法廷に引き出してもっとも残虐な死刑を科そうとしている。イスラム独裁者はそうすることで自分たちの正義を民衆に示そうとしている。マラディの旧悪をあばくことによって国民を極度に昂奮《こうふん》させて、内政破綻《はたん》を隠そうとしている。

指導力に欠けた為政者の常套《じょうとう》手段だ。

権力を握りたいためのたわごとを国民は信じている。時代に逆行して狭隘《きょうあい》で尊大なドグマの中に籠《こも》ろうとしている。視野狭窄《きょうさく》が宗教的独裁の特徴だ。

マラディにとっては肚《はら》だたしい国民であった。

しかし、いまはもう、どうでもよい。

たしかなのはおのれのいのちだけであった。

どこにいても故国の放った刺客は忍び寄る。安心して住める国がなかった。牢獄にうずくまるような毎日であった。

マラディは朗報に接した。WHO付属機関がクィーン・エリザベスより巨きな癌病船を就航させるという。世界でも最高級の医療機器を蔵し、最高級の頭脳を集めた癌病船だという。病室の半分は特別室だと知って、マラディはその船に希みをつないだ。

自分の癌が治癒《ちゆ》するとは思えない。しかし、牢獄にうずくまる生活では癌は確実に肝臓を石に変える。癌病船は七つの海を回るという。高級病室にいながらにして世界を訪問できるのだ。マラディにとっては福音《ふくいん》にきこえた。

あるいは、癌もその侵攻の鉾先《ほこさき》をゆるめるかもしれない。

奇蹟が起こり得るかもしれないのだった。

それに、船なら、襲撃されにくい。癌病船は乗船者の厳格なチェックをする。故国の放つ刺客から身を守るには最適の条件に思えた。なおかつ、世界最高権威の医師団の治療が受けられる。

マラディは最後になって特別室を申し込んだ。そうすれば、刺客がまぎれ込むおそれがないからであった。

空《あ》いていた二室をマラディは十億円で買った。マラディが癌病船に乗ったと知れば故国の刺客が残るもう一室を買う危険があるからである。

マラディは警備員を解雇した。警備員はつねにマラディを取り囲んでいた。独りになることは不安だったが、それでもマラディは癌病船に乗るほうを選んだ。

特定の国の情けを得て小さな土地をもらって臆病な鼠《ねずみ》のように隠れ潜《ひそ》んで生きる生活には、マラディは、うんざりしていた。

余命いくばくもないとの思いも、マラディを癌病船に駆《か》りたてたのだった。

マラディは北斗号に乗って安心した。超豪華客船のクィーン・エリザベスに劣らない設備があった。巨船全体が機能美を備えた巨大な病院だが、病院臭《しゅう》はまるでなかった。ときどき、マラディはレストランやバー、ホール、遊戯場に顔を出す。世界各国の人間が乗っていた。ほとんどが功なり名遂げたひとたちだった。新聞、その他でマラディを知っている者も多かった。そのひとたちは先方で近づきになりたがった。一献《いっこん》、差し上げたいとか、そういうひとびとが大半であった。

マラディは満足した。故国を捨ててはじめて得た安らぎがあった。ここではイスラム教の厳格さはなかった。あるのは闘病生活と余生の安らぎを願う心のみであった。特別病室の客のほとんどはこの船で死を迎える覚悟をしていた。それだけに、肚を割ったつき合いをひとびとは希んでいた。虚飾の必要のない世界であった。

それでも、マラディの心の底におびえはある。刺客が混じり込んでいかねないことへの懸念であった。拳銃携帯《けいたい》を許されないのが、マラディには不安であった。

不安はとくに夜にやって来る。

十時が就眠時間である。もちろん、眠らなくともよい。世界各国の図書を揃えた図書館がある。自身の一代記を書く者にはたっぷりした時間がある。医師団は特別の必要がないかぎり、生活に強制はしない。むしろ、散歩をすすめる。他国人との交わり《まじわり》をすすめる。心に闊達《かったつ》を持つようにと指導する。そのための癌病船であった。

陸の病院のガンジガラメの制約は患者を早く死界に追いやる。

海原の茫洋《ぼうよう》さになじむことを医師団はすすめるのだった。

だが、マラディは眠りに就くと決まって闇の中に黒い影をみる。影はつねにマラデイを窺《うかが》っていた。革命に追われて以来ずっと取り憑《つ》いて離れない影であった。まるで夜の闇に似ていた。

闇が拡がると影はかならずその中に潜んでマラディを窺っているのだった。マラディは影をみないために睡眠薬を常用していた。だが、その眠りの中にまで影は忍び込んで来る。

マラディは眠っていた。

波の音もエンジンの音もきこえない。風の音もきこえない。北斗号は三十二ノットの巡航速度でシンガポールに向かって南下しているはずであった。だが、船につきものの揺れさえない。

宇宙航行の静寂さがあった。

マラディは夢をみていた。フランソワ・フーシェという同年配の男とチェスをやっている夢だった。乗船してから知り合ったフランス人だった。マラディはフーシェが気にいっていた。

フーシェが、指す番だった。

指しながら前屈《まえかが》みになったフーシェが、マラディを見上げた。その目が刺客の目に変貌していた。

マラディは短い悲鳴を放った。

それで、目が醒《さ》めた。

トイレに立って、マラディは途中で足を停めた。体が凍っていた。ドアのノブがかすかに動いていた。針金か何かを鍵穴に差し込んでいる。かすかな音がしていた。

マラディはベッドに戻った。コールボタンを押した。ナースセンターは各デッキにある。すぐに看護婦が駆けつけるようになっている。

全神経をドアに向けた。ドアには鍵のほかにドアチェーンがかかっている。大男が蹴破るにしてもそうたやすくは開かない。

音が熄《や》んだ
間もなく、足音がドアの前に立った。

マラディはドアスコープを覗《のぞ》いた。

担当看護婦のバネット・ハミルトンが立っていた。

マラディはドアを開《あ》けた。

「刺客がドアを開けようとした。みたか」

バネットを招《しょう》じ入れて、マラディはドアに施錠《せじょう》した。

ノウとバネットは答えた。マラディの表情は引きつれていた。目に狂気が溜まっている。思わずバネットは後退《あとずさ》った。過去の独裁者の片鱗《へんりん》がみえた。

「何もみていません。お気のせいです。ゆっくりおやすみなさい」

「何もみていないことがあるか。刺客がドアを開けようとしたんだ。みたはずだ。だれだ。庇《かば》う気か」

マラディは詰め寄った。

「わたしは、呼ばれてナースセンターからまっすぐにここに来ました。だれにも会いませんでした」

「ウソだ！　みたはずだ。さては、おまえも刺客と共謀していたのか。革命政府からかねをもらったのか！」

マラディは果物ナイフを握った。

マラディの部屋はAデッキの先端にある。二室が隣合っている。その先はサン・デッキだ。サン・デッキの先はブリッジになっている。ナースセンターは反対側の端にある。廊下は一本しかない。ナースセンターから来たのなら、刺客の姿をみないわけがない。ブリッジにはつねに数人の船員が詰めている。サン・デッキはブリッジからはまるみえだ。そっちには逃げないはずであった。

バネットが刺客と組んだものと思った。

バネットはマラディの担当看護婦だ。大金を積んで誘惑したのにちがいない。

「血迷わないで、ハッサン・マラディ。決して、そのようなことはございません」

バネットは窓に退《さ》がった。マラディは狂気に染まっている。叫ぶのはかえって狂気を煽《あお》る危険があった。バネットは両手を前に出した。防禦《ぼうぎょ》の姿勢をとった。

「白状しろ」

マラディはゆっくり、詰め寄った。

バネットは動いた。ベッドの傍にコールボタンがある。迫られるのを利用してそこに退がった。

マラディは跳躍した。バネットの意図を見抜いた。躍《おど》りかかって、バネットをベッドにねじ伏せた。胸にナイフを突きつけた。

「白状しろ。声をたてたら、殺す」

マラディは狂っていた。バネットが刺客と組んだものと思い込んだ。馬乗りになって、白衣をナイフで切り裂いた。

乳が出た。豊かな乳房だった。

「おちついて、ミスター・マラディ。おねがいだから、おちついて」

バネットは悲鳴はたてなかった。悲鳴が惨劇を招きかねないことを承知していた。マラディは乳を凝視《ぎょうし》している。

バネットは、瞳を閉じた。おびえと狂気に染まったマラディの貌《かお》に別のものが浮いていた。バネットは、肚を決めた。体を弄《もてあそ》んでいるうちにマラディの狂気は褪《あ》せる。

マラディが乳を掴んでいた。ナイフを捨てて両の手で乳を掴んでいる。しばらくはそのままでいた。やがてマラディは服を剝《は》ぎはじめた。バネットは逆《さか》らわなかった。素裸にされてもじっとしていた。マラディが足を押し拡げて性器に唇をつけた。

マラディは、衝《つ》きあげてきた恐怖を、いまは忘れていた。二十七歳だというバネットの肢体はたとえようもなくすばらしかった。凌辱《りょうじょく》してもかねで解決がつくことだった。存分に性器をなめたあとで、自分も裸になった。いつかはこうするつもりでいたバネットだった。かねで買えないもののないのをマラディはよく知っていた。

バネットの上体をベッドにうつぶせに倒して、マラディはそのたくましい尻をなめた。バネットは無言だった。足を拡げて犯されやすい姿態をとった。長い足であった。

マラディは立って、バネットの陶磁器のように白い尻におのれをゆっくり、突きたてた。

6

白鳥鉄善は病院長のゲリー・ハリソンと対していた。

船長公室であった。

「責任を、どうとるつもりですか」

ハリソンの口調は昂《たかぶ》っていた。

午前二時過ぎであった。ハリソンは総婦長のバーバラ・ルカスに叩き起こされた。Aデッキナースセンター所属のバネット・ハミルトンがハッサン・マラディに強姦されたと訴え出たのだった。

ハリソンは激怒した。

即刻、白鳥に面会を求めたのだった。

「どう、責任をとれとおっしゃるのですか」

白鳥はガウンを羽織っていた。

「それは、船長の心得《こころう》べきことではありませんか。だいたい、マラディのような男に乗船許可を出すことが常軌を逸《いっ》しているのです。あの男が自国民をどれほど虐殺したかご存じなのですか」

「知りません」

「無責任すぎる」

「人間を殺した男は、病気の治療を受けられないとおっしゃるのですか」

「そういうことを、申し上げているのではない。あなたにはこの船の建造目的がよく理解できていないようだ。癌病船は世界の難病に闘いを挑むために建造されたものです。マラディのような人間を救うためでは断じてない。あのような人物一人のために癌病船の使命を妨《さまた》げられてはならない。それくらいのことがあなたにはおわかりにならぬのか」

ことばを慎しむつもりは、ハリソンにはなかった。

「わたしは」ハリソンはつづけた。「残念ながら、本部およびWHOに即刻、あなたの更迭《こうてつ》を要求せざるを得ない」

「そうですか」

白鳥は、うなずいた。

「財団本部の命令があるまでは、あなたは船長だ。マラディを拘禁《こうきん》していただく。わたしは、マラディを強姦容疑で告発します。その処置を即刻、とっていただきたい」

ハリソンは白鳥の無能を胸中でののしった。

「わかりました」

白鳥は、うなずいた。

足音も荒く公室を出る巨軀《きょく》のハリソンを見送って、白鳥は受話器を把った。

大工室《カーペンター》にかけた。

受話器を置いて、白鳥はタバコを把った。

一本を喫《す》い終える前に、三人の大工が船長公室に入ってきた。三人とも日本人だった。

「掛けてくれ。とうとう、動き出したようだ」

白鳥は腕を組んだ。

「そうですか」

大工《カーペンター》の一人が、うなずいた。筋肉質の体を持った男たちだった。北斗号ほどの巨船になると長い航海にはたいていカーペンターを乗り組ませる。三人の日本人はそのために雇ったのだった。

「奇怪なことがある」

白鳥は三人に来客用に備えつけの葉巻をすすめた。

「無線通信に沈黙の時間というのがある。ご存じないだろうがね」

船舶無線はすべて波長を五百キロヘルツに合わせてある。これはSOSなどの救難信号を受信するためである。

SOS等の信号は五百キロヘルツで発信する決まりになっている。そのために航行中の船舶無線はつねに五百キロヘルツに周波数を合わせていつでも受信可能状態にある。

各船舶間の交信呼び出しも五百キロヘルツで行なわれる。呼び出したあとは、別の周波数に切り替えて交信する。

SOSが入ったら他の交信はすべてストップして受信することが義務づけられている。

それを徹底させるために、大型船舶にはアラームがついている。無線室が無人でもSOSが入れば自動装置が働いて警報が鳴る仕組みになっている。もっとも、これは雷で鳴り出すという弱点がある。

それでもSOSを聴き洩《も》らす懸念がある。そのために船舶無線には〈沈黙時間《サイレントタイム》〉が義務づけられている。

毎時、十五分と四十五分から三分間、すべての船舶が通信をやめるのである。沈黙して耳を澄ます。ＳＯＳを発信しつづけている船舶があればたいていはこれでわかる。

それだけ、ＳＯＳには船舶は鋭敏である。

「深夜から早朝にかけての三時十五分から八分までの沈黙の時間に、怪電波が入りはじめた」

白鳥は、三人を等分に見較《みくら》べた。

三人のカーペンターは黙ってきいていた。

「本船は、横浜港を出港してから今日で三晩目を迎えている。現在位置は台湾とルソン島中間のバシー海峡に近接したところだ。これから南シナ海、ボルネオ海を経てシンガポールに向かう。沈黙の時間に怪電波が入ったのは一昨夜からだ。怪電波は数秒で切れた。発信したことばは、ＯＫだ。フィリピン海に展開していた米第七艦隊の巡洋艦バージニアが怪電波を傍受《ぼうじゅ》して、航行中の船舶に問いかけてきた。国際法を破ったのはどこの船かと、な」

「…………」

「ここに、奇妙なことがわかった。本船の通信部員はその怪電波を傍受していないのだ」

「どういうことは？」

カーペンターの一人が訊いた。

「巡洋艦バージニアからの問い合わせを受けて、一等通信士が調べてみた」

北斗号には一等通信士、二等、三等通信士のほかに通信部員が八名いる。二人ずつで四交替制をとっている。昨夜もその前夜も午前三時の沈黙時間にはルイジ・ステルッチとカルロス・アギラーの二人が当番に就いていた。

ステルッチもアギラーも、そういうのは傍受していないという。ステルッチはイタリア系、アギラーはスペイン系であった。陽気な男たちだ。賭《か》けごとでもしていたのかもしれないと、事務長《パーサー》のマイケル・モーリスは白鳥に報告してきた。

「一時間ほど前に、ハッサン・マラディの部屋を開《あ》けようとした者がいた……」

白鳥はバネットが強姦された件を、説明した。

「わたしは、これはマラディの過剰《かじょう》意識だと思う。そのような襲撃は意味がない。病室には幾つものコールボタンがある。非常電話は受話器を取っただけでナースセンターにつながるようにもなっていた。鍵を破る前に、かならず発見される。襲撃は、無謀だ」

「ええ」

さっきと同じ大工がうなずいた。

「マラディが悪夢をみたのだ。ただし、たんなる悪夢ではない。何かが忍び寄りつつある。マラディの恐怖心は鋭敏だ。いまはみえぬ黒い触手をとらえたものと、思われる」

「怪電波ですか」

「そうだ。沈黙時間《サイレントタイム》に流せば、電波の到達し得る距離内にいるすべての船舶は確実に傍受する」

白鳥の声は低い。

「ステルッチと、アギラーの仕業《しわざ》ですか」

同じ大工が訊いた。

「おそらくな」

白鳥は、ゆっくり、うなずいた。

「襲撃ですか」

「わたしは、そう思う。マラディの国の革命政府はマラディを殺すためならなんでもする。狂気としか思えないことでもあえてやろう。あの国は困窮《こんきゅう》と混迷の極にある。為政者は国民の目をよそに向けたがっている。マラディを捕えることができるのなら……」

「WHO所属の北斗号をも、襲いますか」

「国際法は、最初から無視してかかっている」

「しかし、妙です。あの国にはそれだけの海上での力はないはずですが……」

「問題は、そこだ。連中は北斗号の船内ではマラディを殺すまい。至難の技だ。また、殺すことはない。マラディの病状は重い。捨てておいてもやがて死ぬ。連中は、マラディを本国に奪い返してイスラムの法廷で裁いてみせる気だ」

「………」

「叩け」

ややあって、白鳥は短いことばを使った。

「わかりました」

三人の大工は立った。

白鳥は出て行く三人のカーペンターを見送った。

――強姦か。

視線を戻して、つぶやいた。

北斗号の船籍はリチャード・スコット記念財団にある。マラディを告発するのなら、シンガポールのアメリカ領事に犯罪事実を告げて引き渡せばよい。

病院長、ゲリー・ハリソンの怒り肩を、白鳥は思い浮かべた。北斗号に関する全責任は白鳥にある。だが、病人も含めて病院関係者はハリソンが責任を負っている。マラディを白鳥に拘禁せよというのは、筋ちがいだ。そうするのなら、看護婦も含めてすべてを白鳥が監督下におかねばならなくなる。

——シンガポールで更迭かもしれない。

その思いがあった。

ハリソンは財団本部に更迭を強硬に迫ったにちがいない。もともと、本部最高委員は白鳥を船長に起用することに難色を示していたのだ。リチャード・スコットの法律顧問だったロナルド・パターソンがいなければ、スコットの意志は継がれなかった。

それもよいと、白鳥は思った。

本部決定が届いたら、シンガポールで下船するまでだった。

海に執着する齢ではないとの思いがある。

7

乗務員用居住区はＫデッキにある。その下のＬデッキとＭデッキは原子炉室だ。

Kデッキの船首部分には留置場がある。

後部には死体保存室《モルグ》がある。

通信員のルイジ・ステルッチとカルロス・アギラーは留置場のある船首に呼び出された。

「なんだ、おめえらは。この時間によ」

アギラーは最初から肚をたてていた。

カーペンターが用があるというのである。身分からいえば通信員のほうが上だ。上よりもなによりも大工などは船乗りとはいえない。スペイン語で怒鳴った。

「おまえらに、話がある」

三人の大工のうちの頭《かしら》らしいのがステルッチとアギラーの前に立った。巨大な倉庫の陰だ。留置場はその先にある。

「なにを威張ってやがる、日本野郎《ジャップ》」

大工が英語をつかったので、アギラーも英語でわめいた。病院長のハリソンが白鳥と対決してから、乗組員の日本人船員への白眼視がつづいていた。

「訊《たず》ねることがある。その前に、おまえらを叩きのめす。わかったか」

大工は一歩、踏み出して、アギラーのほおを叩いた。アギラーは牡牛じみた体格の持ち主だった。野郎と吠《ほ》えて、殴りかかった。大工はアギラーの胸倉を摑んだ。アギラーは大工の腰に乗ってデッキに腰から叩きつけられた。

ステルッチがボクシングの構えをみせた。

大工は無造作に踏み込んで、ステルッチの繰り出す腕を押えた。同時に足をとばしていた。ステルッチは横に倒れて、悶絶《もんぜつ》した。

大工はタバコに火をつけた。

二人の大工は最初から倉庫にもたれてみていた。

アギラーが這《は》い起きたが、立てなかった。ステルッチは転がって上体だけを起こした。腰を下ろして、ぼんやりと大工を見上げた。

「だれにたのまれて、沈黙の時間に、無線を流したのかね」

大工は二人の前に立った。

「いっておくが、吐かないと、殺すぜ。死体保存用の冷凍室に放り込む。ゆっくり、眠るがいい」

「………」

「死ぬ前に、もっと痛い目をみたいのか」

「待ってくれ」アギラーが手を挙げた。「なんのことだか、おれには……」

アギラーはみなまではいえなかった。大工の靴のかかとが顎を蹴上げていた。ステルッチは這って逃げようとした。その前に二人の大工が立った。

「死体保存室は、反対側だぜ」

「たすけてくれ」

ステルッチはアギラーにしがみついた。

アギラーは口からおびただしい血を吐いていた。何本かの歯を折ったようだった。

「どうかね」

最初の大工がうながした。

「病院の事務長に、たのまれたんだ。それだけだ。なんのことか、おれらにはわからないんだ」

ステルッチが、答えた。

「ありがとうよ、ステルッチ。アギラー。ウソだったら、また戻ってくるぜ。それと、病院事務長のキース・ベルには黙っていろ」

いい捨てて、大工はきびすを返した。

二人の大工が、つづいた。

白鳥鉄善は船長公室で待っていた。

三人の大工が入ってきたのは、未明の四時過ぎであった。

「どうだった？」

「病院の事務長に、たのまれたそうです」

二人を叩きのめした大工が、白鳥に答えた。

「キース・ベルか……」

背が高くて痩せているベルを、白鳥は思い浮かべた。

「意外な人物だったな」

白鳥は空間をみつめて、つぶやいた。

「いかが、します？」

「もうすぐ、夜が明ける。病院長のゲリー・ハリソンと話し合ってからにしよう」

「いますぐ、逮捕したほうがよいように思います。ステルッチとアギラーはかならず、ベルに連絡をとります」

「いや」白鳥は首を横に振った。「独断は避けよう。話し合いが必要だ。きみたちにはこれからマラディを留置場に拘禁してもらおう」

「わかりました」

三人の大工は、立った。

「ご苦労だった」

白鳥は立って、ドアまで送った。

まちがいをしているかもしれぬとのかすかなおびえが、白鳥にはあった。即刻、逮捕すべきかもしれない。だが、無理にその思いを押えた。

私室に入って、ベッドに入った。

窓から闇のバシー海峡がみえる。しばらく、白鳥はその海をみていた。バシー海峡は船舶の墓場だ。おびただしい艦船が沈んでいる。日本海軍艦船も何隻も海底に眠っている。

海の難所であった。

いまは霧と台風の季節だ。ここから南シナ海を抜けるまでが海難事故が多い。

ここはまた船舶事件屋の暗躍の場所でもあった。造船国日本から中古の貨物船を買い、なんどか仲間で転売して船価をつり上げてそれに見合う保険をかけて、南方諸国や欧州に回航する。それらの船のたいていはバシー海峡で沈没するのだった。

保険金を狙《ねら》っての海難事故だ。バシー海峡で沈むと損保会社も各国の海難審判所も手がつけられない。

――何かが、待っている。

白鳥にはその予感があった。

ハッサン・マラディを乗船させたのは白鳥だ。財団本部から決断をゆだねられたから、そうした。マラディは出航が迫ってから病室を買うと名乗り出た。そのときにはすでにすべての乗客は決定していた。刺客が割り込む隙《すき》はなかった。本部では、そう保証した。ただ、人物が人物である。決断は貴君にまかせるとの態度に出た。

そうであったかもしれないし、そうでなかったかもしれない。マラディの癌病船乗船の可能性はもっと早い時期にわかっていた懸念がある。悪く考えれば、財団本部は白鳥を放逐《ほうちく》するためにマラディの件を利用したとも思える。

――スコット。

白鳥は闇の海に問いかけた。

きみならどうする、スコット。海が生き甲斐だったきみなら、わたしの立場になればマラディを拒否したか。

きみの意志を継いで人類はじめての癌病船が就航した。癌病船はたんに収容した八百人の難病者のために港を出たのではない。癌という人類の敵に立ち向かう最初の航海に出たのだ。きみは娘を癌で失い、妻を癌で失った。きみ自身も癌で逝《い》った。きみの気持ちはわかる。きみは、自身では癌との戦いの航海には出られなかった。出たかったはずだ。だからこそ、きみは、わたしのような老いさらぼうた男を七万二千トンの巨船の船長に指定したのだ。わたしは、きみの意志をまっとうするためにふたたび、海に出てきた。わたしは、できるかぎり闘う。きみは死を賭《と》して海に出た。そして、巨億の富を築いた。わたしはただの海の男で終わった。だが、スコット、海はいのちを賭《か》けねば渡れないものであるのは、わたしは、心得ている。

きみならマラディを拒んだか、スコット。

マラディも癌にいのちを蝕まれている。余命いくばくもないと、きいた。

わたしは、きみなら拒まなかっただろうと思った。だから、わたしはあえて危険を背負うた。

いま、何かが迫りつつある。わたしにはわかるのだ。わたしは闘う。最後まで闘う。それが海の男だとわたしは自負している。たとえ、それで癌病船が世界中から嗤《わら》われようとも、スコット、わたしは信念どおりに闘う。あるいは、きみの意志に背《そむ》くかもしれない。しかし、わたしはわたしなりの生きかたしかできない。きみは、それを承知してわたしを指名したのだと思う。

——スコットよ。

白鳥は、つぶやきを落とした。

遠いまぼろしがある。

三十年近い歳月がたっている。

東シナ海は台風で荒れていた。その荒れ狂う波濤《はとう》の中に一隻の貨物船がただよっている。

米国籍の弾薬輸送船であった。

朝鮮戦争は厖大な弾薬を必要としていた。

白鳥は貨物船で現場海域に突入した。ＳＯＳを傍受しての急行であった。救命ボートで漂流するアメリカ人船員たちを救助した。

船長が船室に閉じ込められているという。

弾薬の一部が炸裂《さくれつ》してそうなったのだった。

白鳥はダイナマイトを腹に呑《の》んで沈没寸前の貨物船に向かった。白鳥もまた米軍徴用の貨物船で弾薬を朝鮮に運んでいたのだった。

白鳥は船によじ登った。だれだから救《たす》けるというのではなかった。海ではそれが掟《おきて》だった。ひとびとの制止を振り切って沈みかけた貨物船に向かった。

リチャード・スコットは船室に閉じこめられて、死を待っていた。

白鳥はダイナマイトでドアを覆《おお》った鉄材をはねとばした。ねじれて動かない鉄のドアもダイナマイトで吹きとばした。

リチャードに救命具《ライフジャケット》を背負わせて甲板に連れ出したときには、貨物船は悍馬《かんば》のように棹立《さおだ》ちになっていた。

白鳥は瞼《まぶた》を閉じた。

遠いまぼろしは消えた。

白鳥は窓に暗幕のカーテンを閉めて、ベッドに横たわった。

8

病院事務長のキース・ベルが北斗号を脱出したのは未明の四時二十分過ぎであった。

ベルはBデッキ両舷にある救命ボート群の一隻を下ろして逃亡していた。五時前に見回りに出た甲板員が救命ボートがなくなっているのを発見した。甲板員はそくざに船長に報告した。白鳥は全乗務員《セーラー》に調査を命じた。病院側にも独自の調査を要請した。

その結果、キース・ベルと甲板部員のダニエル・カサルテッサが逃亡したらしいことが判明した。

キース・ベルの姿をBデッキで目撃した操舵手交替要員がいた。四時十分頃であった。

白鳥は通信部に命じて付近を航行中の船に救命ボート漂流警告を発した。折から、バシー海峡から東沙《トンシャ》群島方面にかけては濃霧が発生していた。

キース・ベルとダニエル・カサルテッサが北斗号から脱出したことを告げ、二人が犯罪容疑者であることを告げて、注意をうながした。

北斗号は探索には引き返さなかった。

ベルとカサルテッサは死亡した可能性が大であった。北斗号は昨夜半からは濃霧のために二十ノットに速度を落としていた。それでもかなりなスピードである。救命ボートがまともに着水できたとは思えない。かりに着水はできても、七万二千トンの巨体が海を割《さ》いているのである。救命ボートは舷側に吸い寄せられて、押し潰《つぶ》される。カサルテッサはセーラーである。さすがにそれを避けて救命ボートは船首近いところのが下ろされていた。船首前部だと船の割いた波が救命ボートを突き放す。だが、巨船の割く波浪は大きい。着水の衝撃もある。吊下《ちょうか》ロープを放したとたんに転覆《てんぷく》した公算が大だ。

北斗号には四基のレーダーがある。レーダーレンジは約四十マイル。それらのレーダーは救命ボートはとらえなかった。転覆すればレーダーには映りにくい。もっとも、救命ボートが北斗号の割く波濤に浮き沈みしていれば、転覆しなくてもレーダーは捕捉しにくい。

白鳥は二人が生きているものとして、航行中の船舶に注意を喚起《かんき》した。

白鳥は病院長、ゲリー・ハリソンを船長公室に呼んだ。

ハリソンには昨日までの元気はなかった。

白鳥はキース・ベルが通信員二人を抱き込んで沈黙時間に怪電波を発信したこと、朝になってハリソンに事情を説明した上でベルを逮捕する予定だったことを、説明した。

「キース・ベルは、何者だったのです」

白鳥はハリソンをみつめた。

病院の不祥事は病院長の責任である。

「スローン・ケタリング癌センターで事務長をしていた男です。わたしが、財団本部選考委員会に推薦《すいせん》したのです。まさか……」

ハリソンの表情は暗い。

「ベルは何者かと連絡をとった。その何者かとは、組織だと思う。ベルは組織に入っていたのです。心当たりは？」

「ない」ハリソンは弱々しく首を振った。「しかし、いったい、どのような組織と……」

白鳥をみつめた。

「わからない。しかし……」

しかし、ただごととは思えない。沈黙時間を使って情報を流せば、無線到達範囲にいる船舶はそれを聴き洩らすことはない。ベルは船舶に連絡を取った。沿岸国にではない。ベルの属する組織が北斗号を待ち受けているのだ。

――何が狙《ねら》いか。

狙いは二つある。一つはハッサン・マラディだ。マラディの故国の革命政府が暗殺船を仕立てたのだ。WHO所属の北斗号を武力で停船させ、マラディを奪う計画だ。

もう一つは、単なる海賊だ。

北斗号には巨額の船用金を積んである。航海に出るときに積み込むかねを船用金という。そのほかに乗務員《クルー》、病院関係者合わせて千八百名の給料を積んである。

収容患者八百名の財産もある。

患者は帰らざる航海であることを自覚している。ありったけのかねとありったけの貴金属、宝石などを持ち込んでいる。

それらすべては船内銀行に預けてある。

日本円にして数十億は下るまいと想定されていた。

狙うに足る額である。

そのことを、ハリソンに説明した。

「どうしたらいい」

ハリソンの貌には、はっきり、おびえが出ていた。

「このまま、航海をつづけます」

白鳥のとる道はそこにしかない。

「フィリピン海に米第七艦隊巡洋艦バージニアがいます。それに、至急救援を求めるべきではありませんか」

「いや」白鳥は首を振った。「北斗号は世界の希望を背負って航海に出たばかりです。航海がつねに平穏無事につづけられるとは限らない。難関は覚悟しています。緒《ちょ》についたばかりで米海軍の護衛を要請したとあっては、北斗号の名折れになります。米海軍の護衛がなくては癌病船は動けぬのかと嗤われては、スコットが泣きましょう」

「しかし……」

「本船は最高速力で三十八ノット出ます。軍の艦船でも振り切れる出力があります。任せておいていただきます」

かりに海賊船が来襲しても北斗号には追い着けない。マラディの国の革命政府が高速艇を派遣しても、引けは取らない。互角の速力のある艦船を投入されたらそのときには鍛えた腕と勘で戦う。舵輪《ホイール》操作で寄せつけはしない。

襲撃がはっきりしたら、その時点で沿岸国海軍の出動を要請する。

みえない影におびえて米海軍の護衛を求めるのは、海の男のとるべき道ではない。それなら、北斗号は港を出るべきではない。

白鳥の信念であった。

「白鳥船長」

「なんです」

「本船には、八百人の難病患者を収容してあります」

「そうであっても、わたしの考えは、不動です」

「そうですか」小さくうなずいて、ハリソンは立った。「シンガポールに、本部委員が来ることになりました。あなたの資格を審問するためです。先ほど、電話が入りました」

告げた声に、力がない。

「けっこうです」

白鳥はかすかに笑ってみせた。

急に小さくなったようにみえるハリソンを、白鳥はドアに送った。


三人の大工《カーペンター》はKデッキの留置場監視室にいた。

ハッサン・マラディは鉄製のベッドに転《ころ》がっている。Kデッキは船体下層部だから窓はない。裸電灯がぶら下がっているだけだ。

「どうなると思う、関根」

鳥居が声をかけた。

「わからん。だが、白鳥は剛直な船長だ。音《ね》は上げまい」

関根はテーブルに足を乗せていた。

「大砲でも射込《うちこ》まれたら、どうなる」

倉田が笑った。

「大砲か」関根はタバコをくわえた。「癌病船も魚雷発射管くらいは備えておくべきだったか」

「あの白鳥という男、見上げた根性だ」

鳥居は壁際《かべぎわ》の椅子にねそべっていた。

「だれか、来るぜ」

倉田が立った。

足音が乱れて近づいている。関根と鳥居がつづいて出た。

一団の男がやって来ている。先頭は甲板長《ボースン》のジョルジオ・タバッキだった。セーラーが三人いる、機関部員が三人。それにステルッチとアギラーがいる。みんなで九人だった。

「おまえらは、何者だ」

タバッキが濁《だ》み声でわめいた。

「カーペンターさ」

関根が答えた。

「スパイ野郎は、虫が好かねえ。豚の臭《にお》いがするぜ」

タバッキは唾《つば》を吐いた。

イタリア系だが、大男だ。ヘッド・セーラー一名、セーラー六名をたばねている。

「豚か」

関根は笑った。

「ステルッチとアギラーは通信員だが、おれが面倒をみているんだ。挨拶をしてもらおうじゃねえか」

「どんな挨拶だね」

「豚の真似をするのよ。這って、唾を舐《な》めろ」

「おまえがやれよ」

「野郎！」

タバッキは大手を拡げて摑みかかった。

タバッキの太い腕が関根の肩にかかる前に、関根の手刀がタバッキの額に打ち込まれていた。タバッキは声もたてずにくずおれた。タバッキのうしろにいた男が拳を繰り出した。ボクシングの経験のある打ちかたであった。関根は一打を躱《かわ》して、かわしざまに足をとばした。男は膝の内側をしたたかに蹴られて泳いだ。泳いだ先に倉田が立っていた。倉田の手刀が額に打ち込まれた。

それで終わりだった。最初にステルッチとアギラーが逃げた。

三人は留置場に戻った。

タバッキとセーラーがのびている。

「Dデッキに、ケースワーカーセンターというのがあるだろう」

鳥居が関根と倉田をみた。

「あれは、性欲処理係だぜ」

鳥居は笑った。

「ほんとうか」

倉田が呆《あき》れ顔で鳥居をみた。

「五十人ほどの若い欧米系の看護婦がいる。要望に応じることになっているそうだ。性欲の処理をもて余している患者もいるのでね。もちろん、医師団にもそれはいえる。担当医に申し込んで了解を得られれば、派遣されて来るそうだ」

「とうぜんの配慮だろうな」

関根が、うなずいた。

「乗務員にもか」

倉田が真顔で訊いた。

「まさか。性欲処理係つきの船乗りなどがあるか。病院関係者だけさ」

「なんだ、くだらない」

「マラディも、それを派遣してもらえばよかったものを……」

鳥居は、マラディを覗いた。

マラディは死体のように動かなかった。

9

ドアを叩く音で白鳥鉄善は目覚《めざ》めた。

靴をはくだけでよかった。いかなる事態が起こるともしれない。上着を脱いだだけで仮眠をとっていたのだった。上着と帽子を摑んで公室を横切ってドアを開けた。ジャックナイフが白鳥の腹に突きつけられた。握っているのは甲板長《ボースン》のジョルジオ・タバッキだった。

「何を血迷うておる、ボースン！」

白鳥はタバッキのナイフを握った右腕を摑んだ。タバッキの背後にいた数人の男が、白鳥に襲いかかった。

後頭部を殴打されて、白鳥は昏倒《こんとう》した。

背中を蹴られて目覚めた。後ろ手に縛られていた。足首も縛られている。ガムテープで口を塞《ふさ》がれていた。

タバッキが鍵束を持って、白鳥の前に立った。

「来い」

タバッキは仲間に向かって手を上げた。

白鳥は足掻《あが》いた。タバッキが持ち出した鍵の中には武器庫の鍵がある。拳銃、ライフル銃、散弾銃などがある。武器を奪われては叛乱《はんらん》は喰い止められない。死物狂いになって暴れたが、縛り目は弛《ゆる》む気配がなかった。ベッドの脚に縛りつけられている。

白鳥は足掻きつづけた。


タバッキはAデッキにある武器庫に走った。武器を奪うかどうかに生死がかかっていた。セーラーのオースチン、マリオット、クラウス、それにステルッチとアギラーが一緒だった。

武器庫に通じるドアを鍵で開けた。

タバッキが武器庫を開けるまで、五人がドアを固めた。

「やったぞ！　急げ！」

タバッキは拳銃を摑み出した。各人に二挺《ちょう》ずつ渡した。弾はポケットにたっぷり入れた。タバッキは拳銃と散弾銃を持った。残りの銃は廊下に叩きつけて使用不能にした。

「ステルッチとアギラーは通信室を押えろ！　すぐに本隊を寄越さすんだ！　あとは一緒に来い！」

タバッキは走った。

ブリッジに走り上がった。

「だれも、動くな！」

叫んで、タバッキは窓めがけて散弾銃を撃った。轟音《ごうおん》が広いブリッジの大気をどよめかせた。砕《くだ》け散った窓ガラスから銃声が消えた。

「デビッド・ロートン、停船だ……」

ブリッジには副船長のデビッド・ロートン、一等航海士の竹波豪一、それに、コーターマスター、操舵手二人が詰めていた。

ロートンは停船信号を機関部に送った。

「どういうことだ、これは」

ロートンは訊いた。

「本船はわれわれが占拠したのだ。命令に従え。さもないと射殺する」

「理由は？」

「いまに、わかる」

タバッキは船内放送マイクを把《と》った。

「北斗号乗員および乗客全員に告げる。よく聴け。おれはボースンのジョルジオ・タバッキだ。同志五人と起《た》って本船を支配下においた。全員、自室を出るな。出たやつは射殺する。患者も医師もないぞ。容赦《ようしゃ》はしない。あと二十分ほどで仲間が本船に乗り移る。われわれの目的は第一にハッサン・マラディを奪い返すことだ。二つ目は当船の船用金、貴金属、宝石その他をいただく。各自、用意しておけ。出し惜しんだやつはその場で射殺する。以上だ」

タバッキはロートンにマイクを渡した。いわれたとおりにするように放送しろと、命じた。

竹波はレーダーをみていた。深夜だった。北斗号はボルネオ海にかかっていた。後方はるかに南《ナン》威島《ウェイ》がみえる。船舶が往き来している。日本に向かうタンカーらしいのもみえる。もっとも近い船舶は数マイルの位置にいた。それが、タバッキのいう仲間のようだった。

見守っているうちに、その船舶から光点が浮き上がった。ヘリコプターだった。光点は北斗号に向かってすばやく移動している、そうかと、竹波はうなずいた。

「マリオット、クラウス。おまえたちはBデッキのヘリポートを固めろ。いいか、カーペンター野郎に気をつけろ。みつけしだい射殺しろ」

タバッキの貌はゆがみきっている。

マリオットとクラウスは走ってブリッジを出た。


タバッキの船内放送が留置場に流れた。

ブリッジ放送と病院放送は同時通訳されて全船内に伝わるようになっていた。

「タバッキの野郎だったのか」

関根がつぶやいて、腰を上げた。

鳥居と倉田がつづいて留置場を出た。

マラディが叫んだが、見捨てた。三人は通路を走った。


ヘリコプターが舞い下りた。

サブ・マシンガンを持った八人の男が下り立った。キース・ベルが混じっていた。

マリオットの案内でサブ・マシンガンを持った二人の男が留置場に向かった。残りはブリッジに走った。

白鳥はブリッジに引き立てられた。両手は後ろで縛られたままである。副船長以下、全員が椅子に縛りつけられていた。

タバッキが白鳥にマイクを突きつけた。

白鳥は重い口を開いた。本船は完全に賊の一団に支配されている。無益な抵抗はするな。宝石、貴金属の類《たぐい》、現金等は渡すように。何よりも大切なのはいのちだからと、繰り返した。各自、部屋を出るな。賊が品物を集めて回る。差し出すようにと、説いた。

「それでよい。掛けろ」

タバッキに突きとばされて、白鳥は椅子に腰を落とした。

Fデッキ。

Fデッキ、Gデッキは病院デッキと呼ばれている。Fデッキには放射線治療室、集中治療室、レントゲン室、麻酔《ますい》科室、臨床検査科、手術室などが集中している。後部には医長クラスの居室と看護婦長クラスの居室がある。

その居住区に三つの人影が浮き上がった。

Kデッキから階段を登ってきた三人のカーペンターであった。三つの人影は一つの部屋に消えた。

マリオットは二人を案内して留置場に向かった。

サブ・マシンガンを持った二人が留置場に入った。カーペンターは消えていた。

「迎えに来たぜ、マラディ」

一人が、留置場を開けた。

「きみは、きみは、わが国の人間ではない。だれに、たのまれたのだ」

マラディは壁に張りついていた。恐怖で表情が凍りついている。

「われわれは、マフィアだ。おまえさんを連中に生きたまま引き渡したら、五百万ドルになる。観念しな」

男は、マラディに手錠をかけた。

マラディは立つことができなかった。手錠をかけられた手を持って引きずり出された。

どこかでサブ・マシンガンの連射音が湧き上がった。

犯人たちの行動は迅速《じんそく》だった。

ハッサン・マラディはヘリコプターの中に手錠でつながれた。

男たちは全員がブリッジに集まった。サブ・マシンガンを持った男が見張りに残って、全員がAデッキから、かね、宝石、貴金属などを集めはじめた。鍵をかけたドアはサブ・マシンガンで射抜いた。あちらでもこちらでも連射音が湧き上がった。それらの銃声で、患者は諦めた。生涯をかけて得たものを男たちに差し出した。

男たちはBデッキに移った。
A、Bデッキの掠奪《りゃくだつ》を終えるのに小一時間ほどかかった。Bデッキには銀行がある。
タバッキは銀行員を連れてきてありがねをすべて運び出した。客が預けた貴重品も残らず持ち出した。それらを銀行員にヘリコプターまで運ばせた。

タバッキは上機嫌だった。

Cデッキの掠奪が済めば引き揚げる。その頃には迎えの高速艇が接舷している。ステルッチとアギラーに命じて無線装置を破壊し、操船機器を壊して引き揚げる。分け前はかなりな額になるはずであった。

癌病船に乗務員として乗船すると決まってから、マフィアの手がのびてきた。タバッキは承知した。まさかWHO所属の癌病船を襲うとはだれも思わない。そこがマフィアの狙いだった。マフィアは巨大な情報を握っていた。どこの国でも厄介者《やっかいもの》扱いをされて行方を失いかけているハッサン・マラディが癌病船に最後の希みをかけているらしいことを、マラディの国の革命政府の情報組織が嗅《か》ぎ出した。だが、革命政府もさすがにWHO所属の癌病船は襲えない。そこで、マフィアに接触してきたのだった。生かしたまま引き渡せば五百万ドル出すと申し出た。マフィアは乗った。マラディだけではなく、船用金その他もある。めったにはない獲物《えもの》であった。

癌病船はタバッキに富をもたらしてくれたのだった。

去り際には看護婦を三十人ほど連れ帰る。これは弄《もてあそ》んだのちに香港マフィアに売却する契約ができていた。

計画は一分の狂いもなく進行している。

白鳥は椅子に縛られていた。

全員が椅子や柱などに縛られている。このままでは癌病船はいのちを落とす。その責任のすべては白鳥にある。マラディの乗船を拒みさえすればこんなことにはならなかった。それを思うと、いても立ってもいられなかった。なんとかしなければならない。三人のカーペンターが銃を持っていればなんとかなる。一人一人が一騎当千の男たちだ。マラディの乗船を拒まないのなら、それだけの責任は船長が負わねばならない。そのために無理にたのんできてもらった男たちだった。だが、三人は拳銃一挺、持っていない。

縛《いまし》めを解こうと焦った。解いて、見張りを倒す。サブ・マシンガンを奪えば、なんとか闘える。賊を撃退はできないかもしれない。だが、闘って死ぬことはできる。

ロープをこすりつづけた。手の皮膚が破れたが、そんなことにはかまっておれなかった。発見されて射殺されることも厭《いと》わない。

――船の全責任は船長にある。

その思いだけがある。

ロープはすこしずつ弛《ゆる》んでいた。

見張りは気づかない。

賊がＡＢＣデッキを掠奪し終わるまでは一時間半から二時間はかかる。それまでにロープを解かねばならない。解いて、見張りを殺す。なんとしてでも通信室に辿《たど》りつかねばならない。通信室はＣデッキ船首部にある。コンピューター室と並んでいる。

そこを押えている賊を射殺して、沿岸諸国および米第七艦隊の応援を求めねばならない。賊も船で出動している。空から追えば容易に逮捕できる。通信機器を破壊されたら、それまでだ。

白鳥は死ぬ決心をしていた。

リチャード・スコットの友情に背き、癌病船をもの嗤《わら》いの種にして、生きてはいられない。

ロープが弛んだ。

白鳥はロープを外《はず》した。外したロープを後ろ手に持った。

竹波がそれをみていた。

竹波は白鳥が死ぬ覚悟なのを悟った。

竹波はすさまじい声でわめいた。見張りに向かって罵声《ばせい》を浴びせかけた。英語でののしった。

きさまらみたいなチンピラは銃がなければ何一つできない。能無しだ。銃がなかったら女でもこわがるのだろうと、わめいた。

見張りが怒った。サブ・マシンガンを向けたが、引き金は絞《しぼ》らなかった。傍に寄って、銃台で竹波のほおを殴りつけた。

白鳥はそれを待っていた。立った。同時に椅子を叩きつけていた。賊が向けた銃に椅子が当たった。白鳥は突進した。銃を押えて、賊に一撃をくれた。いのちを賭けた一撃であった。賊はよろめいた。白鳥は足をとばした。倒れた賊の首に両の握り拳を合わせて打ち下ろした。渾身《こんしん》の力をこめた。首の骨の折れる音がした。

白鳥はサブ・マシンガンを把った。

「さらばだ、諸君」

それだけをいって、白鳥はブリッジを走り出た。

階段はナースセンターの前にある。走り下りた。そこにもナースセンターがある。

「キャプテン。看護婦が六人、連れ去られました」

白鳥をみた白人の看護婦が早口で訴えた。

サブ・マシンガンの銃声がCデッキの中央部で湧き起こっている。

白鳥はうなずいて、階段を走り下りた。

下りたところの廊下に一人の男が立っていた。双方のサブ・マシンガンが同時に唸《うな》
った。倒れたのは見張りの男だった。白鳥は走った。懸命に走った。背後から銃弾が
襲いかかった。白鳥は柱の陰に滑《すべ》り込んだ。周《まわ》りは特別患者室だ。通信室は突き当た
りにある。距離は五十メートル。銃弾の中を走り抜くには絶望の距離であった。

「キャプテン！」

タバッキの声が叫んだ。

「見上げた度胸だぜ、キャプテン。だが、それまでだ。銃を捨てろ。これをみろ！」

白鳥は覗いた。十数人の看護婦が一塊《ひとかたまり》になって廊下に押し出されていた。そのあとにタバッキともう一人がサブ・マシンガンを突きつけている。

「銃を捨てろ。キャプテン！」

タバッキは勝ち誇っていた。

女たちは歩いてきている。

白鳥は乾坤一擲《けんこんいってき》に賭けた。女たちの背後からは撃つまい。女たちを突きとばして撃つまでには何秒かかかる。その何秒かに賭けた。

白鳥は走った。通信室に向かってすべての力を足にこめた。穴だらけになる覚悟はあった。太り肉《じし》の長身が風を切った。

銃弾が飛来したときには、白鳥はドアに体を叩きつけていた。

何事が起こったのかとドアの傍にきていたステルッチとアギラーが、開いたドアで弾《はじ》きとばされた。

白鳥は転《ころ》がり込んでいた。転がったまま、サブ・マシンガンを乱射した。ステルッチとアギラーを一瞬で薙《な》ぎ倒した。

「ドアを閉めろ！」

白鳥は通信員に叫んだ。

「米第七艦隊に応援を求めろ！　すべての船舶、すべての沿岸国に警報を出せ！　五百キロヘルツを使え！　癌病船北斗号、現在、ハッサン・マラディ奪取に侵攻した組織と応戦中とな！」

叫びながら白鳥はテーブルを引きずってドアに押し当てた。キャビネットも引き出した。


緊急事態発生（ＸＸＸ）。緊急事態発生。こちら癌病船北斗号。米第七艦隊応答願います。


通信員がマイクに向かって叫んだ。

無線はＸＸＸを打ちはじめた。

ＸＸＸはＳＯＳにつぐ優先緊急通信だ。重大な危険の迫るおそれのある場合に発信する。無線は全世界に向けて癌病船、北斗号の緊急事態発生を打ち出した。

白鳥はドアの近くに立っていた。

傍にステルッチとアギラーの死体が転がっている。

こちらは米第七艦隊巡洋艦、バージニアだ。ＸＸＸを傍受した。癌病船、現在位置を報《し》らせよ。

バージニアから応答が入っている。

白鳥はドアを凝視していた。事態がどうなっているのかわからない。無線には各国沿岸警備隊および海空軍からの応答が続々と入っている。癌病船の緊急事態は治まりつつある、といってよい。侵入者はじきに海上包囲網の中に閉じこめられよう。

だが、勝ったとはいえない。

ハッサン・マラディが連れ出されたにちがいない。マラディを奪われては、白鳥は敗北だ。敵はマラディを人質に包囲網を突破しようとするであろうし、追い詰められたらマラディを殺す。

マラディだからどうというのではない。いかなる人間も平等である——それが、鉄則だ。

問題は患者を奪われたことにある。癌病船は航海の緒についたばかりで無力無能を世界にさらけ出したことになる。最新鋭の船に最新鋭の医療機器、最高のスタッフを擁していても、容易に患者を奪われて殺させるようでは、前途はない。

——攻撃するしかない。

それが、白鳥に課せられた責だ。銃弾で蜂の巣穴にされることがわかっていても、白鳥に残された道はそれしかなかった。通信室を奪回されたとあっては、敵は浮き足立つ。早々に引き揚げるに決まっていた。

——ヘリポートだ。

ヘリポートはBデッキの最後尾にある。ヘリで飛び立たれては、それまでだ。

「おい」白鳥は通信員を呼んだ。「そいつをどけろ」

ドアの防護物を指した。


三人のカーペンターが忍び込んだのは、麻酔科医長パトリック・ホーキイの居室であった。

「ABCの三デッキに流せるだけの麻酔ガスは、あるか」

関根が、ホーキイに訊いた。

「麻酔？　何者だ、きみたちは」

「カーペンターさ。答えろ。緊急時だ」

「何を――いったい、何をしようというのだ」

「賊はABCの三デッキを襲っている。特別室の客を狙っているのだ。強制換気孔から麻酔ガスを流し込む」

「待て――」

「待ってはいられない、答えろ」

「ハロセンなら……」

「量と効《き》き目は？」

「空気中に〇・五パーセント混じれば、十秒以内で昏睡《こんすい》する」

「三つのデッキに流す量は、あるか」

「ある、だが、危険だ」

患者が死ぬ危惧《きぐ》がある。Aデッキに一人、Bデッキには三人、全身麻酔には堪えられない患者がいる。ハロセンを流せばその四人はほぼ、確実に死ぬ。

ホーキイは青ざめて三人をみつめた。ただのカーペンターでないことは察しがつく。だが、たとえ船長命令でも、ホーキイにはハロセンを流すことはできない。

「わたしは、断わる」

「そうか」

関根は電話を把《と》った。

自動交換機は動いていた。院長居室にかけて、ゲリー・ハリソンを呼び出した。

ハリソンは縛られてはいなかった。

「船長《キャプテン》は、どうなっている」

「だれだ、きみは」

「キャプテン命で動いている、カーペンターだ」

「キャプテンは、連れ出されたようだ」

「そっちの情況は？」

「わからん。BCデッキで銃の乱射音がしている。強奪が行なわれているようだ」

「Cデッキに、強制換気孔からハロセンを流す。各医長に連絡をとるのだ。医師、看護婦全員に待機させろ。賊を退治する。退治が終わりしだい、患者の蘇生《そせい》に全力を尽くしていただく。以上だ」

「待て！」

「待つ必要はない」

電話を切って、関根はホーキイの腕を把った。

「Cデッキだけなら、よかろう。腕ずくでもやらせるぜ」

ホーキイを引きずって出た。

Cデッキに麻酔ガスを流して、関根と倉田、鳥居がCデッキに入る。昏睡した賊から銃を奪えば、あとは、なんとかなる。

エア・コンディショナー本体は最下部のMデッキにある。原子炉の傍だ。そこから各デッキごとにパイプが通じている。

遠くで銃声が湧き起こっている。


最初の銃声を、石根利秋はCデッキできいた。

夕雨子が一緒だった。

夜おそくなって夕雨子が石根の部屋を訪ねてきた。夕雨子は訪ねてきたわけはいわなかった。眠れないという。眠る必要はないさと、石根は笑った。お茶を入れて、二人で飲んだ。石根はいろいろと話をしてやった。徹夜をしてでも夕雨子が眠くなるまでつき合ってやろうと思った。

夕雨子はアフリカのボツワナから来た同じ年頃の少女と仲良くなりかけているという。ムヤンガ・イレーネという少女だった。もちろん、ことばは通じない。イレーネは絵が上手だった。絵で意思表示をした。

看護婦の宮地里子の話では、イレーネも白血病だとのことであった。

友人を得たのはすばらしいことだと、石根は、夕雨子をほめてやった。

夕雨子は家族に電話をかけたがっているようだった。そのために石根を訪ねたらしいことを察したが、石根は、それには触れなかった。夕雨子が自分からそれをいう日が来るのかどうかはわからないが、待つことにした。

部屋に戻るという夕雨子を送って出て、Cデッキに下りたところで、石根は銃声をきいた。サブ・マシンガンの乱射音であった。何事が起こったのかわからない。夕雨子を抱きしめているところへ、船長《キャプテン》放送があった。

石根は傍のドアを叩いた。

乱れた足音が近づいていた。

ドアが開いて、欧米系の老婦人が顔を出した。石根と夕雨子は部屋に入った。

老婦人は昂奮していた。ハッサン・マラディなどを乗せるからこういうことになる。いったい、だれが宝石などの補償をしてくれるのかと、かん高い声で白鳥船長を詰《なじ》った。

だが、その非難もそう長くはつづかなかった。

Cデッキを引き裂くようなサブ・マシンガンの銃声が湧き上がって、老婦人は黙った。

石根は夕雨子を抱きしめていた。

老婦人は引きつった貌《かお》で石根をみつめている。

その老婦人の貌がわずかな変化をみせた。

石根はかすかな、甘さのただようにおいを嗅《か》いだ。老婦人が手を顔に持って行った。何かを振り払うしぐさをした。立とうとした老婦人の足がふらついた。

石根は、立った。

麻酔ガスだと悟った。

同時に、死をも悟った。

石根は全身麻酔には堪えられない体質だった。薬剤アレルギーだ。抜歯などの局所麻酔には堪えられるが、全身麻酔はいけない。石根は肝臓癌に冒《おか》されていた。全身麻酔が不可能なために手術ができない。癌の侵奪に任せているのだった。

医師団が賊を押えるために、強制換気孔から麻酔ガスを送り込んだのだと、瞬時に、悟った。

老婦人がよろめいて、倒れた。

石根の足がふらついた。夕雨子の手を握ったままだった。何かをいい遺《のこ》そうとしたが、その前に呼吸が苦しくなっていた。

ゆっくり、床にくずおれた。

その体に夕雨子が折り重なるようにして、倒れた。


関根、倉田、鳥居の三人はCデッキにエレベーターで昇った。三人とも防毒マスクをかけていた。

エレベーターはナースセンター前にある。そこに七、八人の看護婦が立っていた。

船首方面で銃撃戦が行なわれている。

「下に降りろ。この階にはハロセンを流した」

警告して、関根は左に折れた。患者の部屋のドアが幾つか開いたままになっている。

三人が別れて各部屋を覗いた。

どの部屋の住人も昏睡していた。賊も倒れている。関根は賊からサブ・マシンガンを奪った。

倉田と鳥居もそれぞれサブ・マシンガンを奪った。

「ヘリポートだ！」

二人に叫んで、関根は階段に走った。

通信室のドアに銃弾が射込まれている。

連射音がドアを叩いている。

白鳥鉄善は腹這っていた。ドアの前の防護物は取り払ってある。銃弾でドアが開くのを待った。

待つほどもなかった。ドアが開いた。

白鳥は一回転してドア中央に出た。三人の男が目の前に立っていた。通信室は真っ暗にしてある。廊下は明るい。その明暗が白鳥を救った。夢中で白鳥は撃鉄を絞《しぼ》った。

這い起きて、白鳥は走った。


Bデッキ後部はヘリポートになっている。

北斗号にも二機のヘリがある。その格納庫はヘリポートにつづいている。格納庫を通らないとヘリポートには出られない。

関根は、格納庫手前に見張りに立っていた二人の賊を撃ち倒した。

ヘリポートに出たときには、賊のヘリは離船したばかりだった。関根と倉田、鳥居の三人のサブ・マシンガンがローター部分に斉射を浴びせかけた。

ヘリは数メートルの高さに上がったばかりだった。巨体が破壊音をたてて甲板に落下した。

ヘリには操縦士とボースンのジョルジオ・タバッキが乗っていた。

「そこまでだ、タバッキ」

関根は、額を打って血を流しているタバッキに銃を向けた。

ハッサン・マラディが機体に手錠でつながれていた。

銀行から奪った現金を詰めた袋が積み上げてある。

マラディはうつろな目を関根に向けた。


病院長のゲリー・ハリソンは死神と対峙《たいじ》していた。

ベッドには石根利秋が横たわっている。

石根はどうにか麻酔からは覚めていた。医師団が懸命に蘇生術を施した結果であった。だが、目下のところは麻酔から覚めたというだけにとどまっていた。

顔面は蒼白である。冷たい汗が全身を覆っている。唇はチアノーゼを呈して暗紫色になっていた。

ハリソンは石根に十数本の注射をしていた。アドレナリン、副腎皮質《ふくじんひしつ》ホルモン、強心剤、コーチゾンなどである。点滴もしている。考えられる限りの処置は施してあった。

あとは、石根の体力にまつしかなかった。

石根の喉が鳴っている。酸素吸入をつづけているが、それでも呼吸困難はなおらない。

医師の一人が心臓マッサージをつづけている。

死ぬだろうと、ハリソンは思っていた。

薬物アレルギーのおそろしさは、医師ならたいていの者は知っている。薬物アレルギーがおそろしくて患者を治療しない医師もいるほどだ。ちょっとした手術で使った麻酔のために植物状態になったり、死んだりする患者もいる。

ある医師はアレルギー研究のために自身の腕にごく少量のペニシリンの注射をして、それがもとで死亡している。注射後数分で全身がだるくなり、頭痛が起こり、口のしびれが起こった。外科医に注射部位の皮膚を切除してもらったが、効果はなかった。顔が紫色に腫《は》れ上がり、嘔吐《おうと》がはじまって、意識不明になった。

そのまま、死んでいる。

その医師の注射した量はわずか二十五単位であった。治療には二十万、三十万単位が使われる。量の問題ではない。それまでは何回の注射にもなんの反応もなかった薬剤で、患者が、ある日、突然、アレルギーを惹《ひ》き起こす。

石根のチアノーゼが、全身に拡がりはじめていた。

白鳥鉄善が入ってきた。

「容態《ようだい》は？」

ハリソンは無言で、首を横に振った。

「そうか……」

白鳥は、石根の傍に立った。

麻酔科医長のホーキイが沈鬱な表情で石根を見守っている。

だれをも、ハリソンは難詰《なんきつ》する気にはなれなかった。自分なら、麻酔ガスを流すなどということは絶対にしない。もちろん、ホーキイも強制されて流したのだった。そのために、患者が死のうとしている。

だが、麻酔ガスを流したために癌病船は自力で昏冥《こんめい》から抜け出ている。マラディは取り戻し、奪われたかねや貴金属も取り戻した。癌病船からは一人の死傷者も出していない。

石根が死ななければ麻酔ガスを流した行為は正しかったことになる。かりに石根が救《たす》かって、行為が是認されたとしても、ハリソンは反対だ。人間の生命を弄《もてあそ》ぶようなことはハリソンにはゆるしがたい。

だが、ハリソンはそれを口にする気力を失っていた。自分がリチャード・スコット記念財団に推薦した事務長のキース・ベルがマフィアと組んだ首謀者だったのだ。ことばを失っていた。

総婦長のバーバラ・ルカスが入ってきた。

「患者の友人である少女が、どうしても患者に会いたいと、担当看護婦を通じて申し込んでいます」

「連れてきなさい」

ハリソンは、うなずいた。

石根の体温が下がっている。血圧も極端に下がっている。石根に接続した機器は冷酷に石根の死を告げていた。意識の混濁がはじまろうとしている。

宮地看護婦に連れられて、夕雨子が入ってきた。夕雨子はおどおどと、石根の傍に寄った。

白鳥はみていた。夕雨子のことはおぼえていた。

夕雨子は瞳にいっぱいの泪を溜めて、石根を見守った。じきに、それがこぼれ落ちた。

「おじさん」

夕雨子は石根の腕に縋《すが》った。

「死なないで、おじさん！　独りで死なないで！」

夕雨子は、叫んだ。

叫びながら夕雨子は服をかなぐり捨てた。

「夕雨子ちゃん、何をするの？」

宮地里子がおどろいて傍に寄った。

「おじさんが冷たくなってゆく！　おじさんが冷たくなってゆくのよ！」

夕雨子はパンティまで脱ぎ捨てた。

痩せて、貧弱な体だった。

夕雨子は石根の体に抱きつこうとした。宮地里子が夕雨子を抱きとめた。

「どうせ、たすからないのなら」

白鳥は、ハリソンに視線を向けた。

「あの少女に、患者を抱かせてやってもらえないか。少女は自身の肌のぬくもりを、患者に与えようとしている。患者にもその意志が通じるかもしれない」

「バーバラ・ルカス」うなずいて、ハリソンは指示した。「患者の服を、脱がせてやりなさい」

ルカスと宮地里子が石根を裸にした。

夕雨子が泣きながら石根の裸体に覆いかぶさった。

だれも、口はきかなかった。

石根を抱きしめた夕雨子の嗚咽《おえつ》だけがある。

白鳥は蘇生室（ＩＣＵ）を出た。

船長居室に戻った。

北斗号は南下をはじめていた。広角度の窓から往き交《か》う船舶の灯火がみえる。ウィスキーを取り出して、白鳥は窓辺に立った。

――引き受けるのではなかった。

その思いが強い。

全身にチアノーゼを呈しはじめた無残な体に覆いかぶさった少女の痩せた裸身が、瞼にある。

白鳥は海と闘うすべは心得ていた。船の航行に必要ならいのちを投げだしても、闘う。だが、この北斗号は癌病船だった。それを痛いほど思い知った。やがて、あの夕雨子も死ぬ。泪をぼろぼろとこぼしながら土下座せんばかりに腰を折ってたのんだ両親の姿が、思われた。

——わたしには、荷が重すぎる。

声に出して、白鳥はつぶやいた。

闇の海をみながら、白鳥は飲んだ。

シンガポールで下船しようと思った。査問委員会を開くべく、最高委員がシンガポールに待ち受けている。いい機会だと思った。

二時間後に、白鳥はハリソンからの電話に出た。

ブリッジに立って、秩序回復のための指示に忙殺されている最中だった。

奪われた、かね、貴金属の返還が行なわれているのだった。

「キャプテン」

ハリソンの声が、おののいていた。

「奇蹟が起こった。患者を、少女が死界から連れ戻しましたぞ！」

「ほんとうか！」

「少女はずっと、患者を、抱いていたんだ！」

「そうか」

「少女が死界から連れ戻した患者は、医師団が引き受けた。いまはチアノーゼも消え、意識も戻っている。もう、心配は要らない。こんなことは、はじめてだ。わたしは人間の魂を信じる。キャプテン、乾杯を、しないか」

「よかろう。公室に来てくれるか」

白鳥の声もふるえを帯びていた。

「すぐに行く」

高い、謳《うた》うような声だった。

受話器を置いて、白鳥は窓をみた。

洋上に朝の陽が射《さ》していた。

第二章　癌撲滅シンガポール会議

1

癌撲滅《ぼくめつ》シンガポール会議。

International Tribunal for the Eradication of Cancer

略してシンガポール・インテック。

シンガポール・インテックは一カ月間の予定で九月十日から開催された。

主催はＷＨＯであった。

世界保健機関（ＷＨＯ）は国連の一機関である。加盟国百五十七カ国。本部をスイスのジュネーブに置く。執行理事会は二十四カ国代表で構成される。

理事長はアンリ・ベルジュ、五十五歳、スイス人であった。

ベルジュは癌病船構想に計画段階から大乗気であった。

癌病船が初航海に出る半年前にすでにシンガポール・インテックをベルジュが主張して、可決されていた。

WHO西太平洋地域委員会はマニラに事務局を置く。

そのマニラ局がシンガポール・インテックを実現に漕《こ》ぎつけた。

日本も西太平洋地域委員会に属している。

日本を含めて台湾、中国、シンガポール、マレーシア、ビルマ、インドネシア、オーストラリア、フィリピン、タイ、カンボジアなどの各国から医師団が派遣されてきていた。癌病船において難病に関する集中講義が行なわれる。それに出席するためであった。

参加医師総数三百余名。

各医師団は難病患者を何人かずつ同行してきていた。自国では受けられない高度な治療が講義と併行して行なわれるのだった。

開始に先立つ九月九日には関係者を招いてシンガポール首相主催のシンガポール・インテック記念パーティが催された。

そして、翌十日から、癌撲滅シンガポール会議は開始された。

シンガポールは美しい街だ。白亜の街と呼ばれる。東南アジア随一の文化都市であった。そこに停泊した北斗号の巨体もまた、うつくしいものであった。純白とブルーに塗り分けた巨船をみようと、ひとびとは港に押しかけた。

シンガポール・インテックとは無縁の人間がいた。

白鳥鉄善であった。

同じ日から、査問委員会が開かれた。

ニューヨーク州ロングアイランド島オイスターベイにあるリチャード・スコット記念財団から最高委員六人全員がシンガポールにやってきて、待ち受けていた。

WHO理事長アンリ・ベルジュも出席した。

北斗号の小会議室ではじまった。

ゲリー・ハリソンは告発者として出席した。

最初に、ハリソンが主張した。

「わたしは財団本部に提出した告発を、ここで取り下げます。したがって、査問委員会は開催されなかったものと記録にとどめていただきたい。白鳥鉄善は偉大な船長です」

告発を取り下げることは白鳥には告げてある。

ハリソンは白鳥を見なおしていた。飾り気はないが、ことに当たっての沈着、そしてその果敢さには、目を瞠《みは》らせるものがあった。

いまでは全幅の信頼をおいていた。

癌病船は南シナ海で行方を失ったかもしれなかった。いま、癌病船建造の主目的であるシンガポール・インテックを堂々と開催している。最高のスタッフ、最新鋭の機器を蔵した癌病船の総力挙げての最初の癌への挑戦だ。シンガポールを皮切りに世界各地でつぎつぎと癌撲滅会議を開いてゆく。そこに漕ぎつけたのは白鳥船長の果敢さに負うところが大であった。

「そうは、参りません」

クリストファ・リネンが発言した。

リネンは高齢の六人の委員の中でも最年長者であった。七十七歳になる。リネンはリチャード・スコットの経理担当としてずっと働いてきた男であった。

「われわれは査問委員会を開催するために、ここにやって来たのです。査問は行ないます。白鳥君がはたして船長として適格であったかどうかを、調べねばなりません。癌病船は出港前からトラブルを抱えていました。そのために、あるいは坐礁《ざしょう》したかもしれないのです。これは重大な問題です。わたしは本査問委員会に航海日誌《ログブック》の提出を要求します。また、副船長および一等航海士、そして必要とあらば、乗組員《クルー》、病院関係者等の喚問を要求します」

「それでは、うかがいます」

リネンが白鳥を船長に雇うことにもっとも強硬に反対したのを、ハリソンは知っていた。

「財団本部は、ハッサン・マラディを乗船させるかどうかの決定を船長に一任した。これはあなたがた本部委員の怠慢ではありませんか」

「航海はひとえに船長の腕によります。ハッサン・マラディについて、われわれが何かを決定しても意味がありません。われわれが押しつけても船長には拒む権限もあります。船長がマラディの乗船を許可するのならそれだけの自信があることになります。自信がなければ拒むはずです。われわれはその意味で船長一任の形を採ったのです」

「つまり、白鳥船長は自信があったからマラディに乗船許可を出した。そのために癌病船は一時的危機に陥《おちい》った。その責任を問うというのですか」

「そうです。白鳥船長は癌病船を坐礁させるところだった。財団本部としては軽視し得ない重大事です。癌病船は無事にシンガポール・インテックを開催しています。しかし、結果がそうだからといって、過程を軽視することは許されないのです」

「発言を求めます」

白鳥が口を挟んだ。

「よろしい。どうぞ」

「査問委員会をつづけるまでのことはありません。わたしは辞表を提出します」

荷が重すぎる。辞《や》めるべきだと白鳥は肚《はら》を決めていた。マラディが乗船しているからではない。航海をつづける自信はある。航海だけならだ。だが、北斗号は癌末期の患者を八百人も抱えている。航海の途中でつぎつぎといのちが消えてゆくのだ。癌撲滅に向けて突き進むといえばきこえはよい。しかし、ほんとうは幾多のいのちを海に落とさねばならない。哀しい航海であった。

「辞表——」

「受理していただきます」

皺《しわ》ひだの深い鷲鼻《わしばな》のリネンを、白鳥はみていた。

リネンはことばを失って、委員を見回している。

「本気かね」

ハリソンはおどろいていた。

「本気だ」

白鳥は笑ってみせた。

「わたしが、査問委を解散させてみせる。それで、考えなおしてくれないか」

「いや。わたしは……」

「まあ、待ちなさい」

ハリソンは白鳥を押えた。

「動議を提出します」

ハリソンは本部委員を見回した。

「本査問委員会を即刻、解散していただきたい。癌病船は故リチャード・スコットの意志で建造されたものです。癌との闘いに向けて七つの海への航海に出るのが、スコットの念願でした。癌病船は遺志を継いで癌撲滅に向けて航海に旅立ったのです。癌病船そのものがスコットの意志です。癌病船があるから財団が存在するのです。癌病船の航海を妨げるような査問委員会は、有害です」

ハリソンは、いい切った。

「有害——だといったのかね、いま」

リネンが青ざめて、訊《き》いた。

「そう申しました」

「あなたは、何かを思いたがえられているようだ」

「査問委員会をつづけるというのなら、わたしも辞表を提出します。わたしの推薦した病院事務長が叛乱《はんらん》を起こしています。その責任を、わたしもとらねばならない」

「発言をさせていただきます」

WHO理事長のベルジュが口を挟んだ。

「当査問委員会を一時、中断してはいかがですか。もちろん、記念財団本部には癌病船運航に関する全責任があります。ここは、中断をして、船長ならびに病院長の辞表を受理するかどうかを審議すべきではありませんか。査問委員会を続行するなら、船長、病院長を失うことを覚悟しなければならない。わたしの立場から申しますと、それは混乱を招くばかりで決して良い策とは思えません。いかが？」

「賛成です」

弁護士のロナルド・パターソンが受けた。

「本部の厳選した乗組員《クルー》および病院関係者がマフィアと手を握った。われわれはミスを犯した。ハッサン・マラディの件も本部ではっきり拒否すべきだった。以上の二点でわれわれも反省しなければならない。当査問委を一時中断すべきです。わたしは、本部委員の一人として申し上げる。白鳥船長のいのちを賭《と》した働きは見事であると。わたしはキャプテンに感謝していることを、伝えます」

パターソンはリネンを対象に、ものをいった。

リネンには故リチャード・スコットの意志がわからない。

査問委員会は調査委員会に切り変えるべきであった。そこに持って行くだけの器量は、パターソンにはある。

リネンを除く各委員が、賛成に回った。

リネンは黙っていた。

査問委員会から出てきた白鳥を、三人の訪問客が待っていた。

異様な風態《ふうてい》の男たちであった。

一人は少年で、あとの二人は老人であった。どこの国の人間ともわからない。汚れた布を体に巻きつけているだけの姿だ。三人とも裸足《はだし》であった。

シンガポール出入国管理局員と警察官が同道してきていた。

白鳥は五人を公室に招いて、通訳を呼んだ。

三人の男がインドネシア領カリマンタンから来たことがわかった。ボルネオ島だ。三人の男はボルネオ島西端のカプアス川上流から海に出て、そこからは小船を操ってシンガポールまでやってきたのだった。

ダヤク族だという。

管理局員がマレー語に訳し、そのマレー語を通訳が日本語に訳した。

少年の名はハニフ。

少年は十四歳であった。

少年の属する一族はカプアス川の上流に住んでいた。先住民族である。豚、鶏を飼い、焼畑農業で一族は平穏に暮らしてきた。

去年まではである。

去年の十月におそろしい病が一族に取り憑《つ》いた。高熱を発するのだった。体中に湿《しっ》疹《しん》ができて、それを掻《か》いて皮膚が破れた。祈禱師《シャーマン》が必死になって祈ったが効果はなかった。半月ほどで十八人が死んだ。

もちろん、医師はいない。ポンチアナまで出れば病院があるが、そこまでは七百キロもカプアス川をカヌーで下らねばならない。道路はない。あるのはジャングルと湿地帯のみであった。

一族は十四人になった。

おそれおののいたがどうにもならなかった。

半年後の四月にまた高熱が目を覚ました。こんどは八人を高熱は冥界に連れ去った。

残ったのは老人が五人と少年が一人だけだった。

ハニフ少年だ。ハニフが死ねば一族は絶える。子を生むすべがないからだ。ハニフは五人の老人の唯一無二の希望であった。

そのハニフが七月のはじめになって急に予言をするようになった。ある日、あすの昼前に豚の一頭が死ぬといった。豚はそのとおりになった。老人たちはハニフを崇《あが》めた。一族は木にも草にも精霊が宿るとして敬虔《けいけん》に生きていた。ハニフにそれらの霊が宿ったのだと解釈した。

数日後に、一人の宣教師がカプアス川をカヌーで溯《さかのぼ》ってきた。白人の宣教師だった。その宣教師はハニフをみていて首をかしげた。

数日間、宣教師は村にとどまった。

村を出る前に宣教師はハニフは病気だと宣言した。脳を病んでいると。老人たちは気づかなかったが、ハニフは真っすぐには歩いていなかった。ときおり、幻影をみる。その幻影が老人たちのいう精霊の正体であった。

放置しておいたらじきにハニフは死ぬ。宣教師はそういった。

老人たちはどうすればよいのかと宣教師に縋《すが》った。ポンチアナの病院に行くしかないといって、宣教師は医師宛の紹介状を書いた。

宣教師はさらに奥地のミュラー山脈に向かって出発した。

老人たちは川を下ることにした。ハニフに死なれては一族は滅びる。ポンチアナに行けばたすかる。最後の希《のぞ》みをポンチアナにつないだ。豚や鶏を積んだカヌーを引き、何日も何日もかかって、カプアス川を下った。

どうにか、ポンチアナに辿《たど》り着いた。

医師に紹介状をみせた。

医師は気軽に検査を引き受けてくれた。

数日間を検査に要した。その間、老人たちは豚三頭と鶏十二羽を守りながら川岸で待った。

悪性の脳腫瘍《しゅよう》であった。

医師は、どうにもならないと告げた。

老人たちは泣き叫んだ。医師に取り縋って、なんとかしてほしいと懇願した。

だが、医師にもどうなるわけではない。ハニフの癌は脳深部に巣窟《そうくつ》を拡げている。

そこにまでメスを入れられる医師は世界中にいない。そのことを説明した。

説明しているうちに、ふっと、医師は癌病船が九月一日に日本の横浜港を出港することになっているのを思いだした。

――癌病船ならなんとかなるかもしれない。

医師は、そう思った。

人間の叡智《えいち》を集めた巨大な癌病船であった。癌との闘いのために世界に向けて人類が送り出す戦闘船であった。

九月十日からはシンガポール・インテックが開催されることになっている。

医師は老人たちに癌病船のことを説明した。

だが、無駄な説明であった。

老人たちは貨幣を知らない。財産は豚三頭と鶏十二羽のみである。シンガポールまで行けるわけはなかった。

だが、五人の老人は旅立つことを決意した。

豚と鶏を売って手漕ぎの漁船を買った。

それでカリマタ海峡に乗り出したのだった。

カリマタ諸島からタンブラン諸島に出て、そこから大海を渡ってシンガポールに辿り着いたのだった。八月のはじめにポンチアナを出てシンガポールに着いたのは、九月六日だった。航海の途中で三人の老人が死んだ。

「インドネシアに引き渡そうとしたのですが……」

出入国管理官が説明した。

インドネシアに渡すのなら死ぬと、二人の老人はいう。癌病船を唯一のたよりに大きな海を渡ってきたことを思うと、法律どおりの扱いはできなかった。政府に報告した。政府からの返事は少年を癌病船に連れて行ってみてはどうかというものだった。

白鳥は少年をみた。

澄んだ目を持つ少年であった。

「わたしにも、追い返すことはできない」

白鳥は、そう答えた。

2

癌撲滅シンガポール会議は活況を呈していた。

会議は三つの部門に分かれている。

集中講義。

治療部門。

研究部門。

Fデッキ、Gデッキは病院デッキだ。そこでは各国医師団が連れてきた難病患者の手術がつぎつぎと行なわれている。

主役は病院長のゲリー・ハリソンであった。

ハリソンは講義と手術に忙殺された。

その合い間を縫《ぬ》って、ハリソンが白鳥を公室に訪ねてきた。

「どうだった」

白鳥が訊いた。

「五分と五分だな」

ハリソンはソファに腰を下ろした。

白鳥に托されたダヤク族のハニフ少年の検査結果が出たばかりだった。

「あなたでも、か」

「非常に悪性だ」

ハリソンは葉巻を把《と》った。

ハニフ少年のは膠芽腫《こうがしゅ》であった。大脳の下部に発生している。内頸動脈《けいどうみゃく》その他の大血管を包み込んで後部は脳幹に達しようとしていた。

脳幹部にできた腫瘍は現在のレベルでは手術の対象にはされていない。脳幹部は人間の自律機能を司《つかさど》る部分で、触れただけで死ぬ危険があるからだ。

「手術が出来ないわけではない。わたしにならなんとかなる。ただ、少年の腫瘍はコロンとした固定型ではなくて、じくじくした浸潤《しんじゅん》型だ。かなりに拡がっている。取り切れるかどうかは、なんともいえない」

「しかし……」

「手術はする。ただ、問題がある」

「なんだね」

「少年を、癌病船に乗せなければならない。術後の経過を見守る必要がある。完全に取り除けなければ、癌細胞はふたたび敏速に攻撃をはじめる。そのときでも、わたしがいれば、再度の手術ができる。あるいは、少年は完治するかもしれない。ただし、癌病船に乗せていればだ」

「厄介《やっかい》だな」

「そう、厄介だ」

ハリソンは腕を組んだ。

医師団は一日に十人近い患者の手術をしている。どの患者も、術後が心配だ。癌病船に収容すれば完治する希みのある患者も多い。

少年を収容するのなら、それらの患者も収容しなければならない。

だが、病室は満杯だ。空白《デッド・スペース》はない。

「乗務員室に収容することはできる」

白鳥はハリソンをみつめた。

少年を収容すべきだと白鳥は思う。いまは二人だけになった一族の最後の願いが少年にはこめられている。少年が死ねば、一族は滅びる。希望の灯を絶やすまいと癌病船をたよりに海に乗り出した一族の胸中を思うと、収容してやりたかった。

「わたしも、それを考えていた。ただ、本部委員の承諾が得られるか、どうか」

「たぶん……」

得られまいと、白鳥は思った。

「手術だけして、放り出せばよいのか」

ハリソンの貌《かお》は暗い。

「少年にも二人の老人にも、かねはない。かねの要らない未開の地で生きていたのだ。

だが、ここは東南アジアにおける文化の中心地だ。かねなしには一日たりとも過ごせない。しかも、少年は異国人だ。だれかが、少年の面倒をみようとするだろうか」

「…………」

白鳥は黙っていた。

「当局は、少年と老人二人をインドネシア政府に引き渡す。それで、少年のいのちは尽きる。老人二人も、死のう。それでも、癌病船は癌と闘っているといえるだろうか」

「…………」

白鳥には答えようがなかった。

査問委員会は中断したままになっている。あれから四日間が過ぎているが、辞表受理かどうかについてはなんの連絡もない。

白鳥自身は、辞めるつもりであった。

「わたしは、委員にかけ合う。一緒に行ってもらえないか」

「行こう」

白鳥は、うなずいた。

辞表を受理されるまでは、船長であった。

財団本部委員は全員がアポロ・シンガポールに部屋をとっていた。

白鳥とハリソンがホテルを訪ねたのは夜であった。

ロナルド・パターソンに電話連絡をとってあった。

パターソンともう一人の委員、ケネス・スチュアートが待っていた。

ハリソンが事情を説明した。

少年を癌病船に収容したい旨を告げた。

「それは、無理だ」

パターソンが答えた。

「他のことならともかく、収容患者は抽籤《ちゅうせん》によることが大原則になっている。それを破るわけにはいかない」

「わたしなら、少年を救《たす》けられます。手術をしただけで見捨てたら、少年は死にます。それでもですか」

「無理だ。その少年の置かれた立場はわかるが、癌病船といえども全能ではない。大原則を破るわけにはいかない。一つの特例はつぎの特例を生むことになる」

「パターソンのいうとおりです。わたしも、委員として特例は認められません」

スチュアートも反対した。

「かりに、わたしとスチュアートが同意しても、他の委員は同意しますまい。また、してはならないことです」

「あなたの意見は、少年を殺せよといっているのにひとしい。それを、ご存じか」

ハリソンは語気をつよめた。

「承知しています」

パターソンは苦しげに答えた。

「では、一つだけ教えていただきたい。わたしは少年をどうすればよいのか」

ハリソンは喰い下がった。

「…………」

「もちろん、不幸な患者は多い。癌病船どころか医師にもかからずに死んでゆく患者もいよう。われわれの力もそこまではおよびません。だが、少年と五人の老人は豚三頭と鶏十二羽を小さな漁船と取り替えて、癌病船のみをたよりに海を渡ってきたのです。だれをたよったのでもない。癌病船をたよったのです。一族の最後の灯がその少年です。わたしになら、少年を完治できるかもしれない。各国の医師団が連れてきている患者たちは、戻る国家があり、家があり、医師がついています。だが、あの少年には戻るべき故郷はない。癌病船が拒《こば》めば、少年も二人の老人も死ぬ。それでもかまわないというのですか」

「ハリソン院長」

パターソンの声が硬い。

「原則は破れない。あなたも承知しているはずではないのかね」

「承知しています。承知して、申し上げているのです。癌病船をたよりに小船でぼうばくの海に乗り出した一族の最後の五人の胸中を思うと、わたしは医師としてじっとしておれない。だれが、そこまでして癌病船をたよって来ました」

「わたしにはわたしなりの立場がある」

パターソンに譲る気配はなかった。

「特別室に収容したら、いかがです」

白鳥が意見を述べた。

「特別室?」

パターソンは怪訝《けげん》そうに白鳥をみた。

「ハッサン・マラディは二室を十億で買っています。わたしが交渉してその一室を開けさせます」

特別室は癌病船維持のためにかねで売っている。そこなら、原則を破ることにならない。

「ノウ」声が昂《たかぶ》った。「われわれは癌病船運営のために、死力を尽くしている。あり余る資金があるわけではないのだ。ハッサン・マラディが部屋を空《あ》けるのなら、その部屋は公募で売り出さねばならない。それが原則だ。どのくらいの運営費がかかってどうなっているのか、あなたがたはまるでご存じないようだ」

「無駄のようだ」

ハリソンが、肩を落とした。

ハリソンが立ち、白鳥がつづいた。

「キャプテン」パターソンは背に声をかけた。「査問委員会は開かないことに決定した。われわれは、あなたに期待をしている。スコットも、あなたに期待した。それを忘れないでいただきたい」

白鳥は答えなかった。

振り向かないで、足を停《と》めてきいた。そのまま歩いて出た。

「飲むか」

ハリソンが訊いた。

「よかろう」

二人はホテルのバーに入った。

ウィスキーを注文して、飲みはじめた。

どちらも、しばらくは黙って飲んだ。

「少年の手術《オペ》は、いつになる」

ややあって、白鳥が訊いた。

「早いほうがいい、一日でも。若い者の癌細胞はおどろくほど増殖が盛んだ。その気になれば、三日後には手術ができる」

「しないのか」

「替われるものなら、あなたと、職業を交替したい」

ハリソンは笑った。哀しみを含んだ、重い笑顔であった。

「手術はする。放置するにしても、手術をすることで一年や二年は生きのびよう」

「それでも、よいではないか」

「そうだ」

うなずいて、ハリソンはグラスをみつめた。

「元気を出せよ」

「あの日本の少女、なんといったかな」

「夕雨子だ」

「わたしには、あの光景が、忘れられない。少女は患者を死界から連れ戻した。あれが医師のほんとうの姿だ。医師は死界にまで踏み込んで闘わねばならないことを、わたしは教えられた」

「………」

「ボルネオの少年も、そうだ。五人の老人は海に出て、航海中に三人がいのちを落としている。五人とも死ぬ気だったのだろう。少年をたすけるためにはね。パターソンのいうことは、正しい。だが、われわれの主張もまちがってはいない」

ハリソンはグラスをみつめた。

「無学無筆のひとびとの必死の願いだけに、わたしは、なんとかしてやりたかった。かれらにとってはこの癌病船は奇蹟を生むはずだったのだ」

「………」

「スコットは……」

ハリソンがつづけかけたところで、白鳥に電話がかかった。

電話は一等航海士の竹波豪一からだった。

「特別室の患者が、看護婦ごと、誘拐された」

　席に戻って、白鳥は告げた。

「誘拐――」

「詳しいことはわからん。鄭 志高《チョン・チ・カオ》という男らしい。シンガポール人で華僑《かきょう》の大物だそうだ。上陸許可が出て、昼過ぎに看護婦つき添いで自宅に向かった。だが……」

「…………」

「三十分ほど前に〈竜〉と名乗る男から、わたしあてに電話が入った。二百五十万ドルを用意しろと。一等航海士《チョイサー》が鄭の自宅に電話を入れてみた。鄭も看護婦も自宅には姿をみせていない。チョイサーは警察に連絡を取った。警察は捜査に全力を尽くすと答えた。竜というのは、反中国系の地下組織らしい。麻薬なども扱っている。シンガポール・コネクションと呼ばれていて、かなりの組織らしい。警察でも手を焼いているそうだ」

　白鳥は立ったままで、告げた。

3

シンガポール警察の極秘捜査が開始された。

報道機関には洩《も》らさなかった。

シンガポール・インテックは、そのままつづけられた。

白鳥鉄善は、待った。

船長公室で、警察からの連絡を待ちつづけた。鄭志高と一緒に誘拐された看護婦はポーリン・ルセというフランス人だった。鄭が五十六歳。ポーリンが二十七歳。

第一日目は鄭とポーリンの足跡はつかめなかった。二日目になって、鄭とポーリンはヒル・ストリートにある宝石店に寄ったことがわかった。足取りはそこから消えている。鄭はポーリンに千ドル近い指輪を買い与えていた。

三日目が過ぎ、四日目に入っても、警察の捜査はなんの進展もみせなかった。竜からの電話もなかった。二百五十万ドルを用意せよと最初の日にいってきたきりになっていた。

白鳥は焦燥の中に身を置いていた。

シンガポールだけではなくて東南アジア全体に華僑勢力が強い。シンガポールを例にとると約二百三十万の人口の七十六パーセントが華僑である。マレー系は十五パーセントにすぎない。

華僑に国を奪われかねないとおびえているのが東南アジアの現況であった。

それだけに、反華僑意識も強い。

鄭の誘拐は身代金を狙ったものでもあるが半分は華僑へのみせしめ、報復が含まれている。鄭はもと商工会議所会頭であった。惨殺される懸念が強いと、警察の非公式見解であった。鄭を殺すとなるとポーリンも殺さねばならなくなる。

鄭を殺され、ポーリンも殺されては、癌病船に傷がつく。すでに特別病棟の患者に動揺が起きている。

航海の緒についたばかりでハッサン・マラディを狙っての襲撃があった。つづいて鄭の誘拐だ。いつ、だれが、狙われないともかぎらない。特別病棟の患者はたいていの者が営利誘拐の対象になり得るのだった。

癌病船は巨大だがひ弱な獲物だとひとびとの目に映る。

肉食獣は癌病船を狙って爪を磨《と》ぐ。

そうなっては癌病船の面目はない。

白鳥の焦燥は深かった。

シンガポールは小さな島である。東西が四十一・八キロ。南北が二十二・五キロしかない。ジョホール水道を挟んでマレーシアと接している。日本の感覚からいえば、存在する犯罪組織などは警察の掌の内にあると思える。だが、そうではないようだった。

複合民族国家の厄介さがある。

加えてシンガポール港は世界の四大貿易港である。超大型タンカーからジャンクにいたるありとあらゆる種類の船舶が入出港する。東南アジアにおける金融経済の中心地でもある。その複雑さの網の目の中に大小さまざまの犯罪組織が潜《ひそ》んでいるのだという。

電話が鳴った。

病院長、ゲリー・ハリソンからだった。

すぐ、そちらに行くという声が、緊迫感に包まれていた。

じきに、ハリソンは公室にやってきた。

ダヤク族の少年ハニフを連れてきた二人の老人と、それに通訳が一緒だった。

「えらいことになった」

ハリソンの青い目が、炯《ひか》っていた。

「どうした？」

「鄭《チョン》とポーリンの居所がわかった」

ハリソンは二人の老人を指した。

三日前に、ハリソンは少年の手術を引き受けると二人の老人に説明をした。シンガポール・インテックに組み込むことにしたのだった。脳幹部に届く腫瘍の手術を医師団に公開する手続きをとった。だが、少年は癌病船に収容はできない。今回の手術で何年かのいのちは保証するが、そのあとの責任を負えないことを、説明した。癌病船のシステムを説いたのだった。

二人の老人は哀しげな表情で聞いていた。

理解したのかどうかは、わからなかった。

少年の手術は明日に迫っていた。すでに、少年は手術前の措置を受けている。

そこへ二人の老人がやってきた。どうしてもハリソンに会いたいという。ハリソンは会った。そして、思いがけない話をきいた。

二人の老人はジュガとノールという。

ジュガの兄の子がシンガポールに住んでいた。もう二十年も前にシンガポールにやってきてそのまま住みついたのだった。

ダヤク族の若者の間では久しい前から旅に出ることが流行していた。若者たちは一人前になると村を出てカヌーで川を下って行く。どこというあてはない。大きな町を目指す。町に辿《たど》り着いて何カ月かいて、村に引き返す。たいてい、ジーパンと皮靴を、働いたかねで買って戻る。

それが自慢の種になる。

かつては首飾りのビーズ玉とか、瓶《かめ》とかが宝物だったが、それがジーパンや皮靴にとって変わられている。村では皮靴ははかないし、ジーパンもはかない。だいじに飾っておくのである。そういうのが多い若者ほど女にもてるし一族の間でも信望があった。

ダヤク族だけでなく首狩りで知られるイバン族でも若者の旅が流行している。

あるとき、隣村の若者がとうとうシンガポールまで旅をしてきた。二年がかりの旅であった。若者は皮靴やジーパンのほかに壊れたミシンを土産に持って戻った。

周辺の村という村からひとびとが話をききに若者の村に集まった。

若者の語るシンガポールは夢のような話であった。

以来、シンガポール熱がダヤク族の間に蔓延《まんえん》した。つぎつぎと若者が希望を胸に秘めて川を下った。だが、シンガポールまで行けた若者はダヤク族全体でも数えるほどしかなかった。

ジュガの兄の子もシンガポールを目指して独り旅に出た。若者は決して仲間とは一緒に行動しない。独り旅が誇りであった。ジュガの兄の子はグローゴという。グローゴは川を下ったまま、ふたたび溯ることはなかった。

死んだものとされた。

そのグローゴが生きていたのだった。数年前にシンガポールを訪れたダヤク族の若者がグローゴに話しかけられた。若者は戻ってきて、三日がかりでジュガの村を訪ねて、そのことを教えてくれたのだった。

だが、そのときにはグローゴの父は死んでいた。

ジュガはハニフを連れてシンガポールに渡ると決意したときに、グローゴのことを念頭においていた。

しかし、シンガポールは巨大でわけがわからなかった。雲に届くような白亜のビルが林立している。人と車と船が狂躁《きょうそう》の布を織りなしている。目を回しかけているところを保護されたのだった。

ジュガは、ハニフが癌病船に収容されないと知って、グローゴにたよろうと思いついた。ノールと二人で出入国管理官を訪ねて、ダヤク族のグローゴを探してほしいと懇願した。

管理官は警察に連絡をとってグローゴを捜した。

グローゴは通称ドロボー市場といわれるロコール・カナル・ロードの北の一画に住みついていた。シンガポールに幾つかある魔窟《まくつ》の一つであった。グローゴは六つの前科を持つ盗っ人であった。

ジュガとノールはグローゴを呼んでもらった。

グローゴはジュガとノールをみて呆《あき》れたような貌《かお》をした。ジュガはグローゴの不心得を亡き兄に替わってきびしく叱責《しっせき》した。

そして、一族がグローゴも含めてたったの四人になったことを説明し、おまえの力でなんとかハニフを救ってもらえないだろうかと懇願した。

「つまり、そのグローゴが、鄭とポーリンの誘拐を知っていたのだ。警察は極秘捜査をしている。だれも知らないはずの誘拐を、グローゴは知っていた」

ハリソンの声は、おののいている。

「竜の仲間か」

焦燥の消えた白鳥の体に、力が漲《みなぎ》りはじめていた。

「おそらく、そうだ」ハリソンは、うなずいた。「ハニフを癌病船に収容するのなら、誘拐された二人の監禁場所を教えると、グローゴは、いってよこした。ただし、警察に告げるのは困る。警察が動いたら、二人は殺される。そういう仕組みになっている。また、警察が動いたら、グローゴ自身が消される。だから、そちらでかねを払ってこっそり受け取ってくれと、グローゴはいっている」

「それで」

「すべての条件が合えば、ここに電話をしろと」

ハリソンは紙片をテーブルに置いた。

「わかった」

白鳥は、ゆっくり、うなずいた。

「身代金は、どうする」

「グローゴに話をきいてから、考える」

「慎重にな。相手は秘密組織だ。警察内部にも……」

そこから先は、ハリソンは、いわなかった。

「少年の手術は?」

「明朝からだ」

「成功を祈る」

「そちらもな」

ハリソンは、手を差しのべた。

4

陽が落ちたばかりだった。

船長公室のテーブルに、シンガポールの地図が拡げてある。

白鳥鉄善は三人のカーペンターと向かい合っていた。

「この島だ」

白鳥は一つの無人島を指した。

シンガポールはシンガポール本島と六十余の島からなっている。その無人島はシンガポール港から南西三マイルのところにあった。

「島はジャングルに覆われているそうだ。島の北側に小さな入り江がある。そこから八百メートルほどのところに小舎《こや》があるそうだ。鄭とポーリンはその小舎に監禁されている」

「見張りは？」

関根が訊いた。

「十名ほどだという」

「身代金は？」

「出す必要が、あるだろうか」

「ない」

関根は、小さく笑った。

「わたしも、そう思う」

白鳥は葉巻に手をのばした。

「夜明け前に急襲します。鄭とポーリンは連れて戻ります」

「わたしも行こう」

「その必要はありません」

「いや」白鳥は首を振った。「何かのときに、癌病船船長のわたしがいたほうがいい」

竜は無人島に鄭とポーリンを監禁している。無人島というのは、捜索されたら逃げ場がない。警察がその気になれば捜し出すのは容易なはずだ。竜はさほど警察をおそれてはいないようにみえる。グローゴはこっそり身代金を持って行けばよいと教えた。そうなら、竜は異様に思えるほどのんびりしている。

警察内部の何者かがかかわっている懸念がある。

グローゴのものいいにも、それが感じられた。

万一のときのために、白鳥が出向く必要があった。

「武器を、持ってゆくか」

白鳥は三人を交互にみた。

「武器を持っていけば、この国の法律を犯すことになります」

関根が答えた。

「素手で十人を仆《たお》せるか」

「なんとかなるでしょう」

無造作な答えだった。

「飲むか」

「何があります」

鳥居が訊いた。

「バーボンだ。ワイルド・ターキーがある」

「そいつはいい」

鳥居は、小さく笑った。

鄭《チョン》志《・チ・》高《カオ》は手錠をかけられていた。

手錠は柱に結《ゆわ》えられてある。

目の前でポーリンが凌辱《りょうじょく》されている。厭《あ》くなき凌辱であった。連れて来られて今日で四日目になる。その四日間でポーリンは百回余りも犯されていた。

監視の男が八人いる。全員がマレー系であった。はたちから三十歳代の男たちだ。有無をいわさずにポーリンを裸にして乗りかかった。一人が一日に二回か三回はポーリンをねじ伏せた。

全員がそれにつづく。

ポーリンの白い裸身は精液にまみれていた。

ポーリンは諦《あきら》めていた。諦めざるを得ない状況であった。さからったところでどうなるものでもない。叩かれるだけだ。いわれるとおりになっている。

――殺される。

鄭はそれを覚悟していた。

竜は反中国を旗印としている。実態は麻薬売買組織だ。シンガポール・コネクションといわれている。

鄭はこれまでに何回も狙われていた。竜は要人を殺すことでその存在を誇示しようとしている。鄭は一時期、商工会議所会頭をつとめたことがある。銀行経営が鄭の本業であった。狙われるのはしかたがないと諦めていた。

だが、竜も本気で狙っているのではなかった。テロリスト集団ではないのである。狙っておるのだということを意識させればよいというていどだった。

竜がテロリスト集団になったら、警察は黙っていない。

だが、今回はちがう。

鄭は財産を整理して、シンガポールを捨てていた。癌病船に籍を移した。死ぬまで癌病船に居るつもりだった。喉頭部に悪性の腫瘍を持っていた。一年ほどの寿命であろうと宣告されていた。癌病船に乗ればあるいはその寿命が何年かはのびるかもしれない希みがあった。のびなくても、どうということはなかった。それだけの覚悟はできていた。

鄭は無造作に上陸したことを悔いた。鄭は竜のことは忘れていた。もう、シンガポール人でもなければ華僑でもないのである。癌を得て、短い残年があるのみである。そのことは竜も知っている。襲われるいわれはないのだった。竜のことなどは念頭になかった。

しかし、竜は待っていた。鄭を拉致《らち》したところでシンガポール警察はさほど狼狽《ろうばい》するわけではない。竜からの身代金要求も癌病船に出されている。警察は港町の治安不備を詫《わ》びればたとえ鄭が発見されなくてもそれでどうということはない。竜はそこを狙った。

つまり、鄭は見捨てられたことになる。

いちど誘拐したら、生かしては返さない。それは常識だ。返したら竜の所属メンバーが割れる。竜は鄭とポーリンを殺さねばならない。だが、竜も癌病船からは身代金を取れない。出すわけはない。ポーリンを弄《もてあそ》ぶことだけが、収穫といえば収穫であった。

その収穫物が弄ばれている。

ポーリンは素裸だった。

二人の男が板壁に背をもたせて立っている。男たちも裸だ。ポーリンは跪《ひざまず》いて男根を交互に口に含んでいる。朝に昼に男たちはポーリンを責めているからなかなか勃起しない。ポーリンは口で勃起させているのだった。

勃起するとそれはポーリンをつらぬく。それを承知でポーリンは懸命に口に含んでいる。

いうことをきかないと叩かれる。

鄭は、最初は体がふるえた。鄭はポーリンを愛していた。いずれは、自分のものにするつもりでいた。かなりの財産はある。それを遺《のこ》せばよい。特別病棟の患者はたいていは担当の看護婦にそのことを申し出ているとの噂をきいていた。ポーリンが承知してくれるかどうかはわからない。鄭は申し込んでみるつもりでいた。

その矢先の拉致であった。

均整のとれた体だった。太ももが長い。乳も尻も豊かだった。その乳が無造作に吸われ、尻が無造作に男のものになった。みていて、気が狂うかと思われた。夢にまでみるポーリンの尻が目の前で男たちに組み敷かれるのだった。

だが、いまは、昂《たかぶ》りは色褪《いろあ》せていた。

連れ込まれてからずっとそればかりみせつけられていた。

男の一人が横たわった。横たわってポーリンに口での性交を命じた。ポーリンは男の股間《こかん》に入った。別の男がポーリンに尻をかかげるように命じた。ポーリンは尻をかかげた。男はその白い尻をかかえた。

ポーリンの口は男根を呑《の》んでいる。

男が尻から責めはじめた。

鄭はぼんやりとそれをみていた。

ポーリンは感じそうな気持ちになっていた。連れ込まれて何回かは堪えられずに声をたてた。しかし、間断のない責めに、やがて、快感は遠のいていった。

苦痛だけが残った。

その苦痛が、いまは、消えかけている。二人に同時になぶられるのははじめてだった。跪いて奉仕しているうちに、ふっと、虐《しいた》げられるよろこびのようなものを感じた。諦めから来たものかもしれなかった。男にとらえられたらこうなるのだとの諦めが、どこかにあった。

女を掠《さら》って売買する世界的な組織があるというのは、きいていた。掠われたら、女は来る日も来る日も男の性欲に尽くさねばならないのだという。

自分の身に回って来るとは思ったこともなかった。だが、あっけなくその魔窟に連れ込まれた。そうなった以上、男に奉仕するのはしかたのないことだった。

隙《すき》をみて逃げようとポーリンは思っていた。殺されるとは思わなかった。弄ぶだけ弄んだらどこかに売るにちがいない。売れる容貌と肢体なのは自分で承知していた。殺すわけはない。また、殺されないためにも男たちにポーリンは尽くしていた。

ポーリンの喉に男のが届いている。

尻は別のがはげしく責めたてていた。

鄭が目の前でみている。

ポーリンは瞳を閉じた。これ以上の無残な姿態はなかった。性器であった。女は性器なのだと思った。黒い炎が転がりはじめている。男は巨大だ。男は強い。男は女をただの性器に変え得る力を持つ。男は女の尻を支配する権限を持つ。

ポーリンは男の奴隷になった。いつ、どこででも男の意のままに尻を差し出します。支配していただきます。ああ。

鄭は、みていた。

ポーリンの腹に男が跨《また》がっている。横たわっていた男だ。背後から責めた男は、終わっていた。立ってみている。

男は、跨がって責めていた。ポーリンの白い貌が紅潮している。ポーリンはしきりに唇をなめていた。手が男の腰を求めて動いている。足が揺れ動いている。

未明の三時過ぎに癌病船から一隻の救命ボートが下ろされた。

ボートには四人の男が乗っていた。

ボートはセントサ島沖に針路を向けた。ゆっくり、夜の海を滑った。

無人島の沖に着いたのは五時前であった。島はまだ夜の闇の中で眠っていた。

救命ボートははるか沖合いでエンジンを停めた。マラッカ海峡から入ってきた潮は西から東に向かっている。ボートは潮の流れに乗った。

ボートは音もなく島に近づいた。

島近くになると、四人の男は裸になって海に入った。銃撃を避けるためだった。ボートを曳《ひ》いて泳いだ。

砂浜に着いた。波打際まで椰子《やし》の林が繁っている。椰子林もまだ眠っていた。四人の男は椰子林に走り込んだ。

そこで、夜の明けるのを待った。

黎明《れいめい》の訪れを待って、動きはじめた。はじめての島だから夜では見当がつかない。

関根が先頭に立った。鳥居、倉田、白鳥の順に進んだ。小鳥が啼《な》きはじめている。

島は起伏がすくなかった。ジャングルに覆われている。歩けなくはなさそうだが、難《なん》渋《じゅう》であった。砂浜とジャングルの境を辿った。

入り江は北側にあるという。ボートの着いたのは西端であった。歩いているうちに闇が引き揚げた。人影はどこにもなかった。

三十分ほどで入り江のみえるところに出た。

そこからはジャングルに入った。音をたてないように慎重に進む。人間の気配はどこにもなかった。

人影をみたのは小舎近くに寄ってからであった。男があくびをしながら小便をしていた。小便を終えて男は小舎に戻った。

「急襲しようぜ」

関根は、鳥居と倉田をみた。

小舎には何人いるのかわからない。何人いてもかまわない。躍り込んで、敵が銃器に手をのばす前に叩きのめす。

「よかろう」

倉田がうなずいた。

白鳥は最後尾を進んだ。癌病船から木刀を持ってきていた。

「キャプテンは、ここに」

関根は白鳥を押えておいて、中腰になって走った。小舎の周辺は拓《ひら》けていた。倉田と鳥居がつづいた。鍛えぬいた男たちだった。足音もたてないで走って、小舎に張りついた。

三人が小舎に入ったのをみて、白鳥は走った。

板戸を蹴破って、関根が入った。

薄暗い小舎の中に四人の半裸体の男がタバコを吸いながら、転がっていた。その傍に、ポーリンが素裸でうつ伏せている。ポーリンの尻には男が乗っていた。緩慢に責めていた。

その傍《そば》に鄭が後ろ手に手錠をはめられて転がっている。

関根は足を停めた。拍子抜けがした思いだった。

鳥居と倉田も傍に立った。

四人の男は侵入した関根をみて、どうしてよいのかわからないといった表情をしている。ポーリンの尻に乗っている男も同じだった。尻から下りるきっかけを失って、首をねじまげてみていた。

白鳥が入ってきた。

男がポーリンの尻から下りて前を隠しながらズボンをはいた。

「なんだ、おまえらは」

ようやく、男の一人が口をとがらした。

「おまえらだけか、誘拐犯人は」

関根が英語できいた。

「さては、おまえらは！」

男が悲鳴のような声をだして、殴りかかった。あとの四人がそれにつづいた。ものの二、三秒とたたないうちに、五人は床に転がった。

白鳥はポーリンを抱え起こした。

「あと三人、仲間がいる。もう一つ、小舎があるんだ」鄭が早口で告げた。「その三人のうちの二人が、サブ・マシンガンを持っている」

「鄭志高の手錠を外せ」

関根が男の腹を蹴った。

別の男が服からキーを取り出して、鄭に這《は》い寄った。

ポーリンはひとことも喋《しゃべ》らなかった。黙って服を着た。

服を着終えて、白鳥の握っている木刀に黙って手をかけた。白鳥は察して、木刀を与えた。

ポーリンは男の腰に木刀を叩きつけた。骨の折れる音がした。残る四人が這って逃げた。ポーリンは小舎の外に追って一人の肩を背後から打ち砕いた。三人目は物につまずいて転がった。ポーリンはその男の向こう脛《ずね》を叩き砕いた。

あとの二人は死物狂いで逃げた。ポーリンが追って、木刀を投げた。木刀は一人の男の背に突き刺さった。男は倒れて、転げ回った。

最後の一人は逃げた。

ポーリンは木刀を拾ってきて白鳥に返した。

「急ごう」

白鳥はポーリンの腕をとった。

一行は引き返した。

「追って来ると思うか」

白鳥は関根に訊いた。

「たぶん」

「どうすればいい」

「先にボートに着けばいい。追いつかれたら、ジャングルに入って闘うしかない」

ポーリンは走れたが、鄭が衰弱していた。早足ていどでしか動けない。関根は、追い着かれることを覚悟していた。

癌病船の通信室はフル稼動《かどう》していた。すべての周波数にチャンネルを合わせていた。

白鳥と三人のカーペンターが夜の海に消えてからずっと無線交信傍受にかかりきり

になっていた。

　午前六時二分。

　市民バンド用の周波数に無線が入った。


　至急、応援を。四人がやられた！


　そう、二度、繰り返した。

　一等通信士はそくざにブリッジに連絡をとった。

　連絡を受けた一等航海士の竹波豪一は病院長ゲリー・ハリソンを呼び出した。

　あらゆる周波数の無線交信を傍受するように通信室に指令したのは、竹波であった。

　竹波がハリソンと話し合って決めたのだった。

　ダヤク族のグローゴの密告を疑《うた》ぐってかかったわけではなかった。しかし、何が待ち受けているともわからない。

　グローゴの密告が竜に悟られていないともかぎらないし、あるいは警察が嗅ぎつけてないともかぎらない。

　白鳥と三人のカーペンターは無人島に向かった。そこで何かが起これば無線が使用されるはずであった。そのための傍受だ。

竹波は傍受した内容をハリソンに告げた。

至急、応援を。四人がやられた――その送信が無人島の竜のものかどうかは識別できない。通信室はすべての無線交信に耳をそばだてていたが、交信相手を特定できない送信はそれだけであった。竜が発信した可能性は大だ。四人がやられたという。カーペンターが侵入したのにちがいない。

すぐにブリッジに行くと、ハリソンは答えた。

「レーダー監視を怠《おこた》るな」

竹波は、二等航海士の若井竜三に命じた。

副船長のデビッド・ロートンは上陸している。いまの癌病船は竹波の指揮下にある。

ハリソンがブリッジに入るのと若井が叫んだのが同時だった。

「大型モーターボート離岸！」

ブリッジには三・五センチ波と十センチ波のレーダーがそれぞれ二基ずつある。そのレーダーがいっせいにモーターボートをとらえていた。

「双眼鏡監視！」

竹波は叫んだ。二、三等航海士のほかに操舵手《コーターマスター》が四人、ブリッジに詰めていた。

癌病船のブリッジは図抜けて高い。そこから双眼鏡がシンガポール港に向けられた。

港は夜の闇が引き揚げたばかりだった。

「フルスピードで西南に向かっています！」

コーターマスターの一人がモーターボートをとらえた。

「警察に連絡をとりますか」

若井の声が昂《たかぶ》っている。

「いや」竹波は首を振った。「甲板部員、全員、部署につけ！」

船内マイクを把って、竹波は命じた。


サブ・マシンガンの発射音が大気を引き裂いた。

鄭が倒れた。

倒れた鄭を倉田が担《かつ》いだ。

一行はジャングルに走り込んだ。

鄭は左上膊部《じょうはく》を撃ち抜かれていた。いのちにかかわる傷ではない。倉田が担いだままジャングルを分けた。殿《しんがり》は関根だった。関根は後悔していた。サブ・マシンガンを持った仲間がいるときいたときに、五人の男を殺さねばならなかった。竜と名乗る組織のあまりのだらしなさに拍子抜けがした。子供のままごとではないかと思った。ポーリンが四人を半殺しにするのをぼんやりとみていて、一人を逃がしてしまった。

逃がさなければ追われることもなかった。

逆に忍び寄って残る二人を叩き伏せたのだった。その悔いがある。

だが、おびえているわけではなかった。ジャングルの中に二人を引き込んで闘えば、勝機は充分にある。ただ、ポーリンと鄭をどこかに隠さなければならない。

白鳥は先頭に立っていた。密生を分けていて、ふと気づくとかなり斜面を登っていた。そのまま登りつづけた。岩石が多くなった。巨岩が重畳している。その分、密生がすくない。危険かもしれないと思いながら、登りつづけた。

じきに岩山の頂上に出た。そこは岩棚のようになっていた。風景が開けた。島の周辺の海がみえる。背後は断崖になっていた。

倉田は、岩の陰に鄭を下ろした。

ポーリンが鄭の看護をはじめた。

「背水の陣だな」

白鳥は三人に笑いかけた。

「キャプテンは、ここにいてもらおう。われわれは岩陰に潜んでいて、追跡者を殺す」

関根は額の汗を拭った。

「だいじょうぶか」

「仕事ですからね」

無造作に、関根は答えた。

「モーターボートが、やって来る！」

鄭の叫びで一同は海に視線を向けた。大型のモーターボートが隣の島陰を突き破っていた。無人島に向かっている。

「応援を呼んだな」

白鳥の眉根が寄った。

警察のモーターボートではなかった。

「そのようだ」

関根は、モーターボートを見守った。

モーターボートは猛スピードで海を割《さ》いていた。じきに、砂浜に乗り上げた。七、八人の男が跳び下りるのがみえた。

「やるか」

関根は、倉田と鳥居をみた。

「やろうぜ」

倉田がうなずいた。

鳥居が無言で小石を拾った。三人は鳥居を見守った。七、八メートル前方の樹の枝から飛び立った一羽のインコを鳥居は狙った。小石が風を切った。空を横切ろうとしたインコはその中間で砕け散った。

「すばらしい、腕だ」

うめきに似た声を、白鳥は出した。

「正確さでは、銃に引けをとらない」

その自信が関根にはある。

倉田も関根にも同じ技は使える。しかし、危機が迫っていた。サブ・マシンガンを持った二人の男なら、問題はない。だが、応援が来た。銃を持った十人近い男を相手にしては、勝敗はわからない。関根がやられ、倉田がやられ、鳥居がやられたら、白鳥、鄭は惨殺される。ポーリンは性具として連れ去られよう。

関根は、倉田と鳥居をみた。

倉田と鳥居の面貌《めんぼう》にも同じ思いが浮いていた。

「行くか」

声をかけて、関根は歩きはじめた。

倉田と鳥居がつづいた。

白鳥は見ていた。

三人のカーペンターは二十メートルほど前方の巨岩の陰に分散した。

——最期《さいご》かもしれない。

その思いがある。三人のうちのだれかがサブ・マシンガンを手にすれば、なんとかなる。そうなることを祈った。

岩陰に入った。

鄭とポーリンが背をもたせていた。二人とも血の気を失っている。

「心配するな。あの男たちは、プロだ」

「ありがとう。キャプテン」

鄭が弱々しい声をだした。

「空の下で、手錠をかけられないで死ねるのなら、本望です。礼をいっておきます」

「その礼は、癌病船に戻ってから、いいなさい」

「そのつもりでは、います」

　鄭はかすかな笑いを浮かべた。

　するどい連射音が湧き上がって、ポーリンが悲鳴を放った。ポーリンが両手で耳を押えたのをみて、白鳥は岩から顔を出した。何もみえなかった。カーペンターたちは同じ岩陰にいる。銃声はその前方で湧いた。弾は周辺の岩に砕けていた。

　ふたたび、連射音が湧いた。こんどは何人もが同時に撃っていた。すさまじい銃声であった。弾幕であたりが覆われた思いがした。白鳥の潜む岩にも何弾かが砕けていた。

「出て来い！」

　銃声が熄《や》んで、英語の怒声が湧いた。

「袋の鼠《ねずみ》だぞ！　両手を挙げて出て来い。五分間だけ、待ってやる。五分を過ぎたら、総攻撃する。降伏するのなら、いまだ」

　叫びが消えて、静寂が戻った。

「五分か……」

　長い五分になると、白鳥は思った。

　覗《のぞ》いてみた。三人のカーペンターは同じところにいた。死を覚悟しているのがわかる。あの弾幕を張りながら一斉に突撃されては、三人のカーペンターにも、方法があるまい。何人かは殺そうが、それまでだ。

重い時が流れた。

時はさだめられた死を刻むように、正確に動いている。

ポーリンも鄭も喋らない。

白鳥は時計をのぞいた。四分を過ぎている。

ダヤク族の少年はどうしているだろうかと思った。手術は今朝の九時からはじまる。

ハリソンの執刀だ。

銃声が湧き上がって、あらゆるものを引き裂いた。

間断のない銃声が近寄ってくる。岩に当たった跳弾が大気を引き裂きながら飛び交《か》っている。弾幕は急速に近づいていた。

「癌病船が！」

ポーリンがかん高い声で叫んだ。

白鳥は海に視線を向けた。さっきモーターボートの出てきた島陰を巨大な癌病船が割《さ》いて出ていた。島よりも巨《おお》きくみえる真青な船体だった。空を覆うようにみえる。

「癌病船が——癌病船が——」

ポーリンが泣き叫んでいた。

北斗号は三十八ノットの全速でマラッカ海峡を割いていた。真一文字に無人島を目指している。

鄭も泣いていた。

白鳥は凝視していた。

癌病船は海を割いて、島に近づいた。

警笛が鳴った。するどい警笛だった。大気をふるわして響き渡った。戦いの咆哮《ほうこう》に、白鳥にはきこえた。七万二千トンの巨船が戦いの咆哮を放っている。

長い警笛だった。

威圧されて、銃声が、熄《や》んだ。

滑りをとめた癌病船からボートが下ろされている。十数隻のボートが同時に下ろされていた。ボートには溢《あふ》れるほど、人間が乗っている。どのボートもそうだった。着水したボートはいっせいに島に向かった。

ポーリンが白鳥にしがみついて、泣いた。

「わたしたちの、癌病船が――わたしたちの――」

ポーリンは白鳥の胸に、顔を埋《うず》めた。

三人のカーペンターも立って、癌病船をみていた。

「すさまじい、迫力だな」

関根が、声を落とした。

「おれは、多量のアドレナリンを、射《う》ってもらいたい」

鳥居が、笑った。

「おれは、肩が凝った。死ぬときというのは、どうやら肩が凝るものらしい」

倉田は持っていた石で肩を叩いた。

白鳥がポーリンと鄭を連れてやってきた。

「行こうか」

そう声をかけた白鳥の貌には、泪《なみだ》の跡があった。

関根は無言でうなずいた。

砂浜に出た。

ボート群がやってきた。

ボートは陽に染まっている。おびただしいひとびとが乗っていた。ハリソンの貌がみえる。医師団の貌がみえる。看護婦団も乗っている。患者らしい一団もみえた。甲板部員、機関部員が乗っている。それらの中に白鳥はダヤク族の老人、ジュガとノールの姿をみた。

三百人近い混成軍団であった。

辞表を撤回しようと、白鳥は思った。

闘魂を秘めた癌病船を陽が染めていた。

堪《こら》えきれなくなって、ポーリンが海に走り込んだ。

ハリソンが海に跳び込んでポーリンを抱えた。

ひとびとが、いっせいに海に入った。

ずぶ濡《ぬ》れのハリソンが走り上がってきた。

白鳥は黙って、ハリソンの手を握った。

「癌病船は、癌と闘うだけではない。わたしにもそれがわかった。みてくれ。この患者群を。末期の癌患者たちだ。それが、仲間を救うために、どうしても闘いたいと」

ハリソンは声を詰まらせた。

竹波が傍に来た。

「ロートン副船長が上陸中なので、わたしの一存で北斗号を出港させました」

「よろしい。一等航海士《チヨイサー》、航海日誌《ログブツク》にことの詳細を記入しておきなさい」

砂浜の一隅《いちぐう》に夕雨子と石根利秋が立っているのを、白鳥はみた。

傍に寄って夕雨子を抱き上げた。

「ぶじでよかったです、船長。夕雨子は強い日本人の船長が誇りなんです」

「ありがとう」

「もう、これで、癌病船はくじけませんよ、何が起こっても」

石根は、海に視線を向けた。

ブルーと白に塗り分けられた巨船は、周辺を圧して、うつくしかった。いのちを預けられる安堵《あんど》があった。

第三章　病魔の使者

1

十月一日。

シンガポール。

男の行き倒れがあった。

エンパイアドック近いケッペル・ロードの南の端に、男は倒れていた。

正確には行き倒れではなかった。男は、死んではいなかった。覗《のぞ》き込んだ発見者は、男が小さくふるえているのをみた。

手をかけてみた。発見者はあわててその手を引いた。高熱で衣服が燃えそうに熱かった。

発見者は警察に通報した。

救急車と警官がやってきた。

男は救急車に収容される前に何かを訴えようとした。目は固く閉じている。深く凹《くぼ》んだ眼窩《がんか》だった。マレー人ではない。華僑でもない。白人でもなかった。中近東あたりの人間にみえた。

年齢は四十前後にみえる。

パスポートも何も持ってなかった。

男の歯は音たてて鳴っている。そのためにことばもおののいている。男は死ぬと、警官は思った。口に耳を近づけて男が何をいい遺《のこ》そうとしているのかを、聴いた。

癌病船――ゲリー・ハリソンに

男は英語を使った。聴き取れたのはそれだけだった。

癌病船病院長、ゲリー・ハリソンはシンガポール警察から連絡を受けた。ハリソンにはもちろん、警察の説明する人相風態《ふうてい》の男に心当たりはない。

警察は、ゲリー・ハリソンに来てはもらえないかといった。救急病院に収容したが男は昏睡《こんすい》状態に陥《おちい》り、ひどい痙攣《けいれん》をしている。医師にも病名がわからないで困っているという。

医師を差し向けるとハリソンは答えた。

シンガポール・インテックはあと十日で終わる。いまは最終コーナーにかかっていた。予想以上の盛況をみせていた。手術、集中講義、分科会、研究発表と、癌病船は連日、戦場のような忙しさの中にあった。

ハリソンが出かけるわけにはいかなかった。

内科医のウォルター・ローナーを差し向けた。

ローナーが救急病院を訪ねたのは午前十時であった。

ローナーは男を診《み》た。男は昏睡状態にある。応急処置は施してあるという。病魔の黒い手が男を摑《つか》みしめていた。痩せ衰えている。ローナーは男が間もなく死ぬであろうことを悟った。高熱が男を焼き尽くしている。残るのは骨と薄い皮膚だけだ。その骨もときおり砕けそうに鳴っている。

病魔の爪から連れ戻すのは不可能に思えた。

一通り診察を終えて、ローナーは首をかしげた。ローナーは熟練医だ。病状をみる独得の勘があった。その勘に何かが引っかかっていた。男はただならぬものを秘めているように思えた。しばらくは、ローナーはアーリア系と思われる男の貌《かお》をみつめていた。

やがて、電話を把《と》った。

ハリソンを呼び出して、トム・マッシュラーを派遣してくれるように要請した。マッシュラーは病理学が専門であった。

マッシュラーが来るまでの間にローナーはさらに男の観察をつづけた。問診ができないから男の罹病《りびょう》時からの状態がわからない。ローナーはこうなる前の男の状態を思い描いた。幾つかの病名が想定される。

その中の一つに、ローナーの思いが固定しはじめていた。

マッシュラーはじきにやってきた。

マッシュラーは男の診察をはじめた。

ローナーは黙ってみていた。

「どう思います」

診察の終わるのを待って、ローナーは訊《き》いた。

「ウィルス性のものにみえます」

マッシュラーの眉根が寄っている。

「やはり、ね」

「ウィルスの分離、同定をしてみないと、なんともいえませんが……」

声が重い。

「急いでいただけますか」

「ええ」

マッシュラーは、脱脂綿で男の鼻腔《びこう》を拭《ぬぐ》い取った。ウィルスの分離、同定には鼻腔洗浄液を使う。だが昏睡状態で痙攣を繰り返している男の鼻腔は洗浄できない。

ローナーとマッシュラーは癌病船に戻った。

ローナーはハリソンに会った。

「発病してからの男の全行動を把握するように、シンガポール厚生省に要請してもらえませんか。また、男と接触した人間は厳重に隔離するように」

「何があった？」

「わたしの勘では、インフルエンザです。それも、新種の」

「そうか……」

ハリソンは、うなずいた。

「念のためです。もし、新種なら、男の病状からみて、重大なことになります」

「よろしい。厚生省に連絡を取ろう」

ハリソンは電話機を引き寄せた。

ローナーは肺癌の権威である。そのローナーの皮膚の下におびえに似たものがあった。


ウィルスの分離、同定には約一週間かかる。

患者の鼻腔から採取した液を抗生物質で処理する。雑菌を殺すためである。それを鶏の受精卵の羊膜内に接種する。

受精卵は三十三度Cで三、四日間静置する。

培養液に赤血球を加える。

インフルエンザウィルスが入っていれば赤血球の凝集《ぎょうしゅう》が起こる。

そこで、赤血球凝集阻止（HI）テストがはじまる。それには、これまで知られているインフルエンザウィルスの抗体を使う。どれかの抗体で赤血球凝集阻止ができれば、問題はない。

マッシュラーは慎重にHIテストをつづけた。

男から採取、分離したウィルスはA型であった。人間のインフルエンザウィルスはABCの三つに分類されている。大流行を生み出すのはA型である。そのA型にも幾つもの亜型がある。

構造的には共通している。直径一万分の一ミリの球形である。中心部にはRNAとそれを支持するタンパク質がある。RNAの中心部はタンパク質の膜で包まれている。そしてその表面に棘《スパイク》が生えている。

このスパイクが問題になる。

スパイクは赤血球を凝集させる赤血球凝集素（H）と酵素の働きをするノイラミンダーゼ（N）の二種類ある。

HとNの組合せのちがいによってウィルスは新しい種類に変化してゆく。

スペイン風邪はHSWN1。SWは豚インフルエンザである。

イタリア風邪はH1N1。

アジア風邪はH2N2。

香港風邪はH3N2。

インフルエンザが人類最後の大疫病といわれるのは、ウィルスの変化のはげしさにある。しかも交叉《こうさ》免疫ができない。スペイン風邪のワクチンはイタリア風邪には無力である。

男の持っていたウィルスを培養した液は、これまで知られているインフルエンザウィルスのどの抗体でも赤血球凝集阻止はできなかった。

マッシュラーの表情が険悪になった。

マッシュラーは補体結合（ＣＦ）テストをした。

ウィルスを界面活性剤で分解してＲＮＡの構造を調べた。八つに分かれたＲＮＡが百万倍の電子顕微鏡にぶきみに浮かび上がった。

これまで人類のみたことのないまったく新しいウィルスであった。

マッシュラーは院長に緊急面会を申し入れた。

シンガポール・インテックは最終日を三日後に控えていた。

ゲリー・ハリソンは院長公室で手術姿《オペ》で待っていた。

「新種か」

マッシュラーの貌《かお》をみて、ハリソンは非常事態を悟った。

「これまで、人類のみたことのない貌です」

「そうか……」

ハリソンは黙った。

葉巻を把った。

「男のルートは?」

マッシュラーは、訊いた。

「不明だそうだ。男は航空機でシンガポールに入ったのではない。船か、隣国マレーシアから入ったものと思われている。厚生省は全力を尽くしているそうだが……」

「神に祈るしか、方法はないようです」

マッシュラーは声を落とした。

男は収容した翌々日に息を引き取っていた。

どこの国の人間で、どこで発病したのか。どういう経路を辿《たど》ってシンガポールに来たのか。そうしたことがわからないと対策の樹《た》てようがない。

その対策は容易ではない。

ワクチンを製造しなければならないが、それには鶏の受精卵が必要だ。一人分のワクチン製造に受精卵が五～十個要る。医薬先進国でも二千万人分のワクチン製造に七、八カ月を必要とするのが現状である。

「神に祈るわけには、いかない」ハリソンの声は重かった。「神に祈っている間に、何百万何千万人の患者が出る。われわれは闘わねばならない。毒性検査を急いでもらおう」

ハリソンは立った。

葉巻を押し潰《つぶ》して、電話を把った。

2

十月八日。

癌病船からWHOジュネーブ本部へ、WHO本部から全世界に、新種インフルエンザウィルス発見の報が打電された。

その日の夕刻、一人の男が癌病船にゲリー・ハリソンを訪ねてきた。

テッド・スティーブンと名乗る男だった。死亡した男のことで話があるという。

ハリソンは院長公室でスティーブンに会った。

「新種ウィルス発見のニュースを、ききました」

スティーブンはそう切り出した。

「それが、何か……」

ハリソンは、スティーブンをみつめた。アングロサクソン系であった。三十なかばにみえた。表情のどこかに暗いものがある。

「救急病院で死亡した男は、イルマ・オルドといいます」

「…………」

「わたしの組織はオルドを追っていたのです」

「組織？」

「わたしはアメリカ国籍を持っています。推察していただきます」

「なるほど」

ハリソンは緊張した。

「最初に、疑惑を申し上げておきます。あなたがたの発見したインフルエンザウィルスは、自然のものではない懸念があります」

「…………」

「人間が造りだしたものだと、わたしたちは思っています」

「まさか……」

否定しかけたハリソンの唇が、わずかにふるえていた。氏名不詳のアーリア系の男がシンガポールの街角で新種のウィルスにやられて倒れていた。

その男のウィルスからみて、どこかでは大量に発病者がいなければならないのに、

WHOにはいっさい連絡が入っていない。

そして、おそらくはCIA要員であろう、スティーブンなる男が、ハリソンを訪ねてきた。

イルマ・オルドだという死んだ男は、癌病船――ゲリー・ハリソンに、といい遺した。

否定しきれないものがあった。

ウィルスに毒性の強いウィルスを遺伝子工学で組み込んで、まったく未知のウィルスを造り出すことは、容易だ。

だが、それは狂気の沙汰といえる。

スティーブンをみつめた。

「九月十八日夜九時二十分でした」

スティーブンはハリソンの思惑を無視して語りはじめた。

「南イエメンのアデン空港から某国の輸送機が飛び立ちました。向かった先は地中海に面した某国です。その数日前に、われわれは情報を察知していました。われわれというのは、わたしの属する組織とイスラエルの情報組織です。その輸送機はアフリカの角《つの》から紅海に入ったところで墜落しました」

「撃ち落としたのかね」

「それは、想像にまかせます。落ちたのはエチオピアのバレンツ近い山中です。エリトリア州で、現在、政府軍と反政府軍が泥沼的様相の戦いをつづけているところです。われわれは墜落現場に向かいました。その輸送機にはイスラエルを抹殺するためのまったく新しい武器が積み込まれていたのです。いえ、その可能性が大だったのです。われわれはそれが何かを突きとめ、場合によっては奪う命令を受けていたのです。輸送機は岩山に落ちてバラバラに飛び散りました。アメリカの軍事偵察衛星がいち早く写真に撮ったのです。幸運なことに燃えてはいなかった。積載していた新型の武器が何か、われわれは知らねばなりません」

「…………」

話の飛躍に、ハリソンはとまどっていた。

「しかし、われわれは失敗しました。現場到着の寸前にミグ21が飛来したのです。通称、フィッシュベッドといわれる戦闘機です。エチオピア政府軍の機です。フィッシュベッドは輸送機の残骸《ざんがい》を爆撃しました。山容が変わるほどの猛爆でした。結局、何も残らなかった……」

「…………」

スティーブンはたんたんと話しつづけた。

「われわれは任務に失敗したのです。ですが、引き退《さが》るわけにはいきません。ことはイスラエル国家の存亡がかかっています。われわれは精鋭の情報員を紅海周辺に張りつけたのです。その結果、われわれは、一つの情報を入手しました」

得た情報が輸送機に関係のあるものかどうかは、はっきりしなかった。

エリトリア独立戦線の密使五人がどこかに向かったとの情報であった。その密使を殺害すべく政府軍情報局が追跡に出たとの重要情報であった。

組織は緊張した。

全力を挙げて追跡をはじめた。

エチオピアの情勢は複雑をきわめている。

エチオピアの紅海に面したエリトリア地区は四百年間も他国の領土であった。最初の三百年間はオスマントルコに支配された。街そのものがトルコ風になってしまった。トルコが築いた町といってよい。文化様式もトルコのものだ。

そのつぎにはイタリア軍が攻め込んだ。ムソリーニはエリトリアに莫大《ばくだい》な投資をしている。アフリカ侵略の基地にしたのだ。

そのイタリアも第二次大戦で敗れた。

そして、エチオピア皇帝ハイレ・セラシエの植民地となった。

その皇帝もいまは追われている。

現在は臨時軍事行政評議会が政府である。その政府もエリトリア独立戦争には頭を悩ましている。エリトリア独立戦線がもう二十年にもおよんで独立戦争を挑んでいるのである。

人口三百万しかいないエリトリア地区で毎年二万を越す死者を出している。勝ったり負けたりしている。エチオピア政府軍はソビエトが援助している。本来ならソビエトは主義主張上、独立側を支援しなければならないが、大小を天秤《てんびん》にかけてエチオピアを取った。地中海からインド洋に出る橋頭堡《きょうとうほ》を求めねばならない。それは、ソビエトの死活に関するものであった。

現在、キューバ兵七千人を送り込んでいる。

だが、政府軍はすでにエリトリアの拠点を幾つか奪われている。劣勢にある。

それだけではない。南部のオガデン州でも内乱を抱えている。隣国ソマリアが、オガデン地区を併合しようとして正規軍を投入してきているのである。

敵の敵はわが友である。アメリカ大統領はソマリアに軍事援助の用意があると発表している。

そういう背景がある。

エリトリア独立戦線の密使と、それを追う政府軍の暗殺団の目的は、いったい何なのか。組織はその解明に賭けた。

アデン空港を飛び立った輸送機の積んでいた荷物に絡《から》む何かではないのか。たとえば、独立戦線側がなんらかの事情でその荷物を掌中にした可能性がなくもない。山岳地帯は独立戦線側が完全に支配しているからだ。フィッシュベッドが猛爆する前にすでに運び去られていたとしてもおかしくはない。

そうなら、イスラエルを抹殺しようとするほどの兵器だから、エチオピア政府軍にとっては一大脅威である。

そのようにも受け取れる。

スティーブンの属する組織は強大である。イスラエル側も情報員の大半を送り込んできていた。

九月二十六日。

密使三人の刺殺死体がケニアのナイロビ空港近いところで発見された。

あとの二人は行方が知れなかった。

九月二十八日。

インドのニューデリー空港からマレーシアのクアラルンプール行きのアエロフロート547便にイルマ・オルド名のパスポートを持つエチオピア人が搭乗したことが、確認された。

スティーブンはマレーシアに飛んだ。

マレーシア情報局の協力でオルドの足跡を追った。オルドはまっすぐに南下、ジョホール水道を越えてシンガポールに入っていた。

スティーブンもシンガポールに入った。

だが、オルドの足跡は切れていた。シンガポール空港からは出ていない。出入国管理局で調べたが、どこかの船に乗船した記録もなかった。

——消されたのか。

仲間の内の三人は、ナイロビ空港近くで刺殺されていた。

オルドが密使なら、消された可能性は大だ。インドは親ソ勢力が強い。KGBが活躍している。密使を追っているのはエチオピア政府だけではない。主体はKGBである。

「結局、新聞で行き倒れの国籍不明人を発見しました」

説明を終えて、スティーブンはわずかに笑みを浮かべた。

「それと、インフルエンザウィルスと、どう関係があるのかね」

「新聞には、男がいい遺《のこ》したことばが載っていました。癌病船——ゲリー・ハリソンにと。だが、あなたはもちろん、その男は知らない。男は病気になって癌病船のことを思いだした。治療してもらおうとシンガポールにやってきたのではあるまいかと、記事にありました。しかし、わたしは、そうは思わなかった。男がイルマ・オルドなら、そして、オルドが密使の一人なら、オルドは最初から癌病船を目指して出発したものと思われます。そこで、うかがいます。あなたは、エリトリア独立戦線側の重要人物と面識はありませんか」

「エチオピア人ではケテマ・ウォルドという男を知っている。わが国に留学していた。教えたことがある。たしか、医師免許を取って帰国したはずだ」

「そのケテマ・ウォルドなら、独立戦線側の医療隊長です」

「…………」

ハリソンは黙った。

かすかに、指先がふるえている。

「つまり、こういう推理がなり立ちます」

スティーブンの声は低い。

南イエメンのアデン空港を飛び立った輸送機には新型のインフルエンザウィルスが積んであった。遺伝子操作で人為的に造られたきわめて毒性の高いウィルスだ。そのウィルスは地中海沿岸の某国に運ばれる予定だった。某国はそれを使ってイスラエル国民を掃討しようとした。だが、輸送機はエリトリア山中に墜落した。

輸出国である某国は事態を重視した。ウィルスが流れ出てはエリトリアに大混乱が起きる。エリトリアが潰滅《かいめつ》するのはかまわない。某国は現在エチオピアに肩入れしているからだ。だが、エリトリアを席捲《せっけん》したインフルエンザはかならずエチオピア全土に蔓延《まんえん》する。

エチオピア空軍に出動を要請した。

フィッシュベッドが墜落機を猛爆した。ウィルスは焼失したものと思われた。しかし、そのときにはウィルスはすでに流れ出ていた。

ウィルスは冷凍して運ぶ。輸送機が墜落して容器が壊れたものと思われる。冷凍が溶けたら、ウィルスは甦《よみがえ》る。ウィルスは大気に混じる。呼気感染するウィルスが人間の鼻腔に入って猛繁殖をはじめた。

現在、エリトリア独立戦線側の医療技術はひどく落ちている。医師が二十人ほどしかいないといわれている。あとは看護人だ。消毒液、包帯、抗生物質を持った看護人、看護婦が傷を治し、病気を治して回っている。

そこに、ウィルスが襲いかかった。

そう推定できる。

治療方法がない。

ケテマ・ウォルドがなぜ、どのようにしてそのインフルエンザウィルスを人類が未知のものと知ったのかは、わからない。

輸送機が独立戦線の勢力圏《テリトリー》である山中に墜落した。それを政府軍のフィッシュベッドが猛爆した。残骸を猛爆するのは奇妙だ。機密保持のため以外には考えられない。

そこまではわかる。

インフルエンザが襲いかかり、ウォルドはその症状をみて、輸送機墜落、猛爆の原因を知ったのかもしれない。ウォルドはことの重大さを知る。現在、エリトリアでは政府軍が劣勢だ。幾つかの町を放棄している。大敗北が近づきつつある。一挙に挽回するためにインフルエンザウィルスを航空機遭難にみせかけて投下したものと、受け取る。

ウォルドはそれを逆手にとろうと決意した。

新種のインフルエンザウィルスを撒《ま》くなどは沙汰のかぎりである。人類の敵である。

インフルエンザはたちまち全世界に拡がる。

ウォルドはそれを世界に訴えようとした。

エチオピア政府は全世界人民の敵であることを、ウォルドはアピールしようとした。

ウォルドはもっとも効果的な方法を考えた。どうすれば全世界を巻き込めるかを考えた。そこで浮かんだのが、癌病船だった。

癌病船は目下、全世界の注視を浴びている。癌撲滅シンガポール会議も開催中である。その癌病船を舞台に政府の非人道的細菌戦をアピールすれば、これほど効果的なことはない。

病院長のゲリー・ハリソンも知っている。

ウォルドは独立戦線議長と謀《はか》って密使を出すことにした。詳細をしたためた文書を持たせた。それだけではない。密使には罹病《りびょう》した者を選んだのだ。癌病船に辿《たど》り着く頃には重症になっていよう。ハリソンが密書を読み、密使の容態をみればどうなるか、そこまで、ウォルドは考えたのだ。

ハリソンはウィルスの分離、同定をする。そのウィルスがどれほど人類にとって危険なものかを全世界に訴える。

囂々《ごうごう》たる非難がエチオピア政府に向けられる。

ケテマ・ウォルドは、そうみた。

「いかがです」

推理に、スティーブンは自信があった。

「毒性テストの結果をみなければ、なんともいえない。しかし、きみの推理はさほど外れてはいまい。たのみがある。ケテマ・ウォルドと至急、接触してもらえないか。エリトリアでの罹病率が知りたいのだ。毒性テストの結果いかんでは、非常事態となるかもしれない」

ハリソンは青ざめていた。

「やってみましょう」

「シンガポール・インテックよりは、そちらのほうがはるかに緊急事態だ。癌病船をエリトリアに急行させざるを得なくなるかもしれない。総力を挙げて癌病船はウィルスと闘うことになろう。なんとしてでも、ウィルスを押え込まねばならない。人類のためにな」

ハリソンは遠い空間に視線を向けていた。

3

ウィルスの性質を知るための毒性テストには毛長鼬《フェレット》を使う。

最初のテスト結果が出たのは十月十三日であった。

潜伏期間は一〜三日。初期症状はふつうの風邪に似ている。熱、悪寒、咳《せき》、鼻水、頭痛などが顕著だ。そのつぎに高熱が出る。四十度以上だ。関節痛、筋肉痛が出る。嘔吐《おうと》もともなう。はげしい下痢になり、全身痙攣《けいれん》がはじまり、昏睡が訪れる。そして、死ぬ。

エリトリアインフルエンザ

そう命名された。

抗原型H４N３。

強い向神経性を持ち、脳破壊能力を持った、ウィルスであった。呼気感染で体内に入って増殖をはじめる。第二世代以降のウィルスが血流に乗って脳内に侵入する。

罹病から死に至るまでの期間が十日前後と推定された。

死亡率が約四十パーセント。

治癒しても運動障害、知能障害などの後遺症が出る懸念が大であった。

報告を受けて、ゲリー・ハリソンはただちにWHO理事長アンリ・ベルジュに電話連絡をとった。

即刻、WHO名で、エリトリアを中心とする半径五百キロ以内の住民の移動禁止要請を関係機関に出すように忠告した。

「癌病船は紅海に向かいます。第二回目開催の癌撲滅会議ボンベイ・インテックは放棄せざるを得ません。当癌病船は総力を挙げて、エリトリアインフルエンザを押え込みます。押え込めなかったら、由々しき事態となります。一カ月以内に中近東全体は汚染されます。汚染はアフリカ諸国から西欧に拡がることは必至です。ウィルスは猛威をふるい、汚染人口の四十パーセントは死にます。われわれは神に祈るしかないことになります。そんなことにならせるわけにはいかない。わたしは、癌病船でインフルエンザを押え込んでみせます。それにはエチオピア政府、エリトリア独立戦線の協力が不可欠です。本部でその協力約束を取りつけていただきたい。それと、世界中の製薬会社にワクチン製造に協力してもらわねばなりません。癌病船は紅海に入りしだい、罹患者の鼻腔洗浄液を採ります。一刻を争う緊急事態です。医薬先進国は軍用機を使ってそれを自国の製薬会社に運んでもらわねばなりません。それらの手配をねがいたい」

「了解した、ハリソン君。WHOは全力を尽くす。貴船の活躍を祈る」

「ありがとう、ミスター・アンリ・ベルジュ」

ハリソンは電話を切った。

つぎに、リチャード・スコット記念財団を呼び出して、事情を説明して、了解を得た。

ハリソンは隣の船長公室を訪ねた。

「完了だ、キャプテン。本部の了解も得た」

「それはよかった。それで、出港は？」

白鳥鉄善のほうは、出港準備はできていた。

「夕刻までには、残務整理が終わる」

「だったら、終わりしだいに出港しよう」

白鳥はコーヒーの支度をはじめた。

「しかし、強行軍だな。体がもつのかね」

白鳥はハリソンの体を心配した。九月十日からはじまったシンガポール・インテック の頂点にハリソンは立っていた。インテックは土、日と週に二日は休むが病院関係者は休めない。八百人の癌患者を抱えているからだ。

手術、講義と、ハリソンには寧日《ねいじつ》はなかった。痩せが目立つ。疲労が隠せない。ようやく激務に堪えられると思った。ようやくシンガポール・インテックは終わった。第二回目の癌撲滅会議開催地はインドのボンベイである。それまでは各地の港々に寄りながら平穏な航海がつづくはずだった。

「体のことは、心配していられない。おそろしいエリトリアインフルエンザが猛威をふるおうとしている。癌病船が押え込めなければ、人類は不幸なことになる」

「押え込めるのか」

「当癌病船には、世界中の智能が凝縮されている」

「しかし、相手はウィルスだぜ」

「各国の協力いかんによる。協力態勢ができれば、癌病船は無敵だ。これほどの機動力を備えた医療機関はない。戦闘船だ。海があるかぎり、世界中のいかなるところに向かってでも、火蓋《ひぶた》が切れる。ウィルスといえど、押え込んでみせる」

「たのもしいな」

コーヒーを入れて、白鳥はハリソンと向かい合った。

電話が鳴って、白鳥が出た。

「テッド・スティーブンという男からだ」

ハリソンに替わった。

「わたしだ。ハリソンだ。どうだった」

「詳細はわからない。わたしはいま、ジブティに来ている。紅海入り口のバブ・エル・マンデブ海峡にある町だ。ここは元フランス領で、エチオピアとソマリアに囲まれた小さな港町だ。情報を探っているが、それがあまりはっきりしない。独立戦線側にはかなりな罹病者がいるらしい。だが、かれらは沈黙している。WHOの勧告にも沈黙を守っている」

「なぜだ」

WHOからエリトリアインフルエンザの警告が届いている。新種でこれまでにない危険な毒性を持ったウィルスだと告げてある。沈黙を守っていれば、独立戦線は潰滅しかねない。

「政府軍が大攻勢に出る気配があるらしい。罹病率を発表したら、一挙に攻め滅ぼされる懸念がある。政府軍も攻勢に転じはしたもののエリトリアインフルエンザがどれほどの打撃を独立戦線側に与えているのかわからないので、いまは様子を窺《うかが》っている模様だ。罠《わな》かもしれないと用心している。原因は、それらしい」

「そうか」

「情報が入りしだい、連絡する」

「たのむ」

ハリソンは電話を切った。

「おろかな人間がいる」

憮然《ぶぜん》とした表情で白鳥をみた。

「独立戦争か……」

説明をきいて、白鳥はつぶやいた。

エリトリア独立戦争は二十年もつづいている。戦火はオスマントルコ文化が築いたエリトリアの町々を破壊してしまった。いまは政府軍も独立戦線側も極度の貧困にあえいでいるとの記事を、読んだ記憶がある。

それでも戦いはやめない。

政府軍に理があるのか、独立戦線に理があるのか、白鳥にはわからない。二十年も泥沼の戦いをつづけてくれば、いまでは理も非もどちらにもないのかもしれない。憎しみだけでも戦争はつづく。

その戦争は女子供を巻き込む。

いまは敵味方の非戦闘員だけではなくその周辺の国々をも、エリトリアインフルエンザに巻き込もうとしている。

癌病船の行方には闇が待っているのではあるまいかと、ふっと、白鳥は思った。

癌病船北斗号は落日に染まったシンガポール港を出た。

シンガポール首相主催の歓送会が予定されていたが、北斗号はそれを辞退して、出港した。

落日に染まった巨船はマラッカ海峡を西に向かった。

北斗号が出港して間もなく、Aデッキ病棟の石根利秋は大月夕雨子《ゆうこ》の訪問を受けた。

夕雨子は一枚の絵を持っていた。それを黙ってテーブルに置いた。

石根は手に取ってみた。

長い間、黙ってみていた。

奇妙な絵だった。湖と思われるものがある。その湖の中に一頭の象が横たわっていた。象は目を閉じている。クレパスで描いた牙が白々と長い。暗い構図だった。みていると周辺に死の影の迫る気配を感じた。画面から死の影が忍び出て来る気がする。つたない絵だった。それだけに、訴えるものは強い。

「だれが、描いたの？」

「ムヤンガ・イレーネ」

夕雨子は暗い声で答えた。

「そうか。イレーネちゃんか」

ボツワナから来ている少女を、石根は思いだした。夕雨子が得たたった一人の友人だ。ことばは通じない。イレーネは英語を習いはじめたときいていた。担当の看護婦に動物や船の絵などを描いてそれらの名前や名称を教えてもらうのだった。いまでは五十近い単語をおぼえたときいていた。

夕雨子も単語をおぼえた。単語だけで話し合うのだという。

「それで、この絵はどうしたの？」

「わからないの」夕雨子は首を振った。「今朝、黙って、くれたの。目に泪《なみだ》を溜《た》めていたの」

夕雨子は、石根をみつめた。

「そうか……」

石根は、大きくうなずいた。

夕雨子の病状は確実に進んでいた。いまはほとんど頭髪が脱《ぬ》け落ちている。ベレー帽をかぶってそれを隠していた。痩せも目立つ。血管が透けてみえる肌が、青白い。抗癌剤の点滴や、放射線照射の化学療法の副作用が夕雨子の頭髪のいのちを奪ってしまったのだった。

いまは、夕雨子は脊髄《せきずい》に穴を穿《あ》けられている。定期的に脊髄の組織を検査するためだった。太い注射針を差し込む穴を穿《うが》つのだ。夕雨子はその手術を受けた日に、死にたいと石根に訴えた。もがいて、悶絶するほどの痛みだったという。定期的に差し込む注射針も神経を逆なでする。

石根は慰めた。死んではならないことを、説いた。死んでよいのならなぜ、あのときにおじさんを救《たす》けたのかと、説いた。

夕雨子はそれでもなっとくしなかった。脊髄に穴を穿たれた恐怖が夕雨子の幼い魂を染めてしまっていた。生きているとおそろしいことばかりだと、夕雨子は下を向いた。

石根は何日もかけて、夕雨子を説いた。

そんな日が何日かつづいているところへ、夕雨子に大きな小包みが届いた。両親と弟や妹からの贈りものだった。

長い長い手紙も入っていた。

夕雨子は手紙を抱きしめて泣いた。精いっぱいの贈り物を胸に抱えて、ボロボロと泪をこぼした。石根もそれをみて、泣いた。それまで夕雨子は両親や弟妹にかたくなに電話をかけなかった。部屋には人形一つ、飾ろうとしなかった。幼いながら、死とはどういうものかを承知していた。

その晩、夕雨子は石根の部屋に来て、電話をかけてほしいといった。石根はよろこんで両親を呼び出した。夕雨子は電話ではしっかりしていた。贈り物の礼をいい、元気でいるといった。友人が何人もできて毎日が愉《たの》しいともいった。父が母に替わり、母が弟や妹に替わった。夕雨子は、弟妹に勉強のことを訊いた。しっかりしなければだめよというのをきいて、石根は、部屋を出た。

哀れでならなかった。

病気の無残さを呪《のろ》った。

だが、それ以来、夕雨子は死は口にしなくなった。明るくなったのだった。両親や弟妹の贈り物を部屋に飾ってうれしそうにそれらをみていた。

その夕雨子の貌が、また暗くなっていた。

——イレーネは死ぬ。

石根は、そう思った。イレーネは湖に沈んだ象の絵を黙って夕雨子に渡した。ふしぎに透明な湖だ。その透明さの中に死が重たく横たわっている。象が死を象徴している。ボツワナの少女らしい、死の表現であった。

イレーネは夕雨子に訣別《けつべつ》を告げたのだ。

夕雨子はそれを悟っている。悟ってもどう表現してよいのかわからない。だれに訴えてよいのかわからない。おそろしい焦燥を溜めて、石根を訪ねてきたのだった。

「おじさんが、イレーネちゃんの担当看護婦に会ってみよう」

そうしなければならなかった。石根は、イレーネが絵に潜ませた死を、自殺だと思った。病気で死ぬのではない。自らいのちを断とうとする者でなければ描き得ない絵に思えた。

何がイレーネをそこに追い込んだのか突きとめねばならなかった。

4

Aデッキ廊下をブリッジに向かう途中で、白鳥鉄善はハッサン・マラディに呼びとめられた。

話があると、マラディは白鳥を自室に招じた。

「元気そうだね」

椅子に掛けて、白鳥は笑顔をみせた。

「何が元気なものか、きみ」

「そんなふうには、みえませんがね」

白鳥はタバコを取り出した。

マラディは明るくなっていた。あれ以来、ひとびとにも愛想がよくなった。話しかける者が増えた。マラディも打ち解けて愉しそうに話をしていた。ときには聴衆を集めて国際情勢とくに中東情勢を講義したりした。マラディの講義には、実感があった。自身の経験を話したりする。ひどく生々しい話がたまに出るから、人気はよかった。

ダヤク族の少年ハニフに一室を提供するとマラディは申し出た。ハニフ少年は特別室に収容された。いまはハニフは自由に船内を動き回れるまでになっている。ゲリー・ハリソンの手術は成功したのだった。マラディはハニフを召使いにしている。ことばは通じないが、ハニフはマラディの気持ちを読むすべを心得ていた。

マラディは上機嫌な日がつづいていた。

そのマラディの貌が曇っている。

「三人のカーペンターを雇いたい。かねはいくらでも出すぞ、きみ」

「雇って、どうするのです」

「きみは、わたしを殺させるつもりかね」

マラディの声が高い。

「その点なら、ご心配はないと……」

「紅海に入って、心配もクソもあるか」

マラディは白鳥を遮《さえぎ》った。

「刺客が日夜、送り込まれる。エチオピアなんぞに寄港したら、わたしはいのちが幾つあっても足りなくなる。きみたちにはそれがわからんのかね。わたしは、考えた。つまり……」

そこまでいったときに、船内放送が白鳥を呼んだ。

「その話はのちほど」

白鳥はマラディの部屋を出た。

ブリッジに上がった白鳥を電話が待っていた。

エチオピアの首都アジスアベバにある米国領事館からであった。

米領事と数分の間、話をした。

切って、ゲリー・ハリソンに船長公室に来てくれるように連絡をとった。

公室に下りて、待った。

ハリソンはじきに姿をみせた。

「トラブルか」

白鳥の貌が緊張している。悪い予感がした。

「エチオピア法務省が、癌病船の入港を禁止してきた」

「入港を禁止――」

「そうだ」

不定期船の他国への入港はその国に駐在する領事を通じて許可をとる。癌病船はアメリカ籍だからアジスアベバのアメリカ領事に入港申請を出してあった。不許可になるなどは考えてもみないことだった。

「どういうことだ」

「エリトリアインフルエンザなどは存在しない。WHOは故意にインフルエンザをつくりだしている。これは薄汚いアメリカ帝国主義の謀略である。独立戦線側の医療隊長ケテマ・ウォルドは癌病船病院長ゲリー・ハリソンと親交がある。現在、独立戦線は疲弊《ひへい》している。食糧も医薬品も底を衝《つ》いている。士気もとみに落ちている。アメリカ帝国主義はエリトリア問題に介入する隙を狙っていた。エリトリアインフルエンザなどと捏造《ねつぞう》して、癌病船に支援物資を積んで入港しようとしている。反乱分子に医薬品を渡そうとしている。アメリカがケテマ・ウォルドと組んだこれは謀略介入にほかならない。わが国は断固、癌病船のわが国接近を禁止する。癌病船はわが国に癌を植えつけようとするものだ。通告を無視してエリトリアに近づけばわが海軍は癌病船を攻撃するであろう。わが友邦ソビエトもこれは黙視し得ない——つまり、そうだ」

「なんということを……」

ハリソンは、ことばを失った。

癌病船は現在インド南端沖を通過中だ。

WHO本部とは緊密な連絡をとっている。世界各国がエリトリアインフルエンザに注目している。癌病船が押え込めなければインフルエンザは世界に拡がる。世界的規模のパニックが心配されているのだ。唯一の希みを癌病船にかけているのだった。

医薬先進国からワクチン製造協力はすでに取りつけてある。癌病船がエリトリアに入港しだい、各国の軍用機がサウジアラビアに到着することになっていた。患者の鼻腔洗浄液を癌病船からサウジへ、そこからは軍用機がそれぞれ自国に運ぶ手筈《てはず》になっている。

エリトリアとは向かい合っているサウジはインフルエンザをおそれていた。ために空港提供を申し出たのだった。

各国製薬会社はすでに鶏の受精卵集めにかかっている。

そうした緊迫状況の中で当事国のエチオピアとエリトリアだけは沈黙を守っていた。だが、その沈黙が癌病船攻撃声明になるとは、予想もし得ないことであった。

「なんということを……」

同じことばを、ふたたび、ハリソンは口にした。

「はっきりしたことは、わからない。領事も盗聴を警戒しているからあからさまなことはいわなかった。だが、政府はエリトリア独立戦線をインフルエンザで潰滅する肚《はら》であろう。捨てておけば、ウィルスは敵の戦力のなかばを殺《そ》ぐ。指導者クラスが倒れる可能性も充分にある。あとは一気に叩き潰せる。現在エリトリアでは政府軍が押されている。間もなく、追い落とされるところまで来ている。一気に挽回《ばんかい》する願ってもない機会だ。もちろん、ウィルスはエチオピアにも拡がる。しかし、その犠牲を払っても、この際二十年来の反乱分子を叩き潰そうというのだろう」

白鳥は、ソファに背を埋めた。

「あるいは……」ハリソンは、空間をみた。「某国輸送機は南イエメンのアデン空港を飛び立った。その機が謀略戦に敗れてエリトリアに撃墜された。あるいは、某国はそれを利用することをエチオピアにささやいたのかもしれない。某国にとっては遺伝子工学で造り出した抗原型H４N３のワクチンを造るのは、さほど難事ではない。その自信の裏打ちがあるから、エチオピア政府は、強気なのかもしれない」

「可能性は、ある」

「悪魔だ」ハリソンは、額に指を当てた。「戦略のためなら全世界に病原菌をばら撒《ま》こうという。それは、悪魔の考えだ。許されることではない。すでに、五人の罹患者がエリトリアを出国している。三人はナイロビ空港に、一人はシンガポールにまで来ている。不明の一人も含めて、五人はウィルスを撒いて歩いているのだ。人間が造りだしたおそるべき脳破壊型のウィルスを、な。このままではエリトリアで何十万人が死のう。被害はたちまちエチオピア全土に拡がる。そうなっては、もう、手のつけようがなくなる」

「…………」

「わたしは、WHOには謀略戦のことは何もいわなかった。某国が意図的に造り出した、強い毒性に改造したウィルスだとも、いわなかった。こうなるのなら、発表すべきかもしれない。某国の輸送機がCIAとイスラエルの諜報機関に小型ミサイルで撃ち落とされたこと、某国がエチオピアに依頼して破片を猛爆したことをね。全世界の人間の圧力でこの暴挙を糾弾《きゅうだん》すべきかもしれない」

ハリソンは、目を閉じた。

「それは、無用の混乱を招くだけかもしれない」

白鳥には、そう思えた。

「無用の混乱か……」

「独立戦線側は、癌病船を待っているはずだ。被害を公表すれば政府軍になだれ込まれる。それをおそれて、死の沈黙を守っているのだろう。わたしは、癌病船はエリトリアに行くべきだと思う。独立戦線の兵士はどうでもよい。放置しておけば、非戦闘員が滅ぶ。そこから、ウィルスは無限に拡がる。癌病船にはエリトリアインフルエンザを押え込まねばならない使命があるものと、わたしは、思う」

そうでなければ闘病船の意味がない。人類の英知を集めて病魔との対決に船出したその存在価値を失う。癌もインフルエンザも変わらない。ことに人間が遺伝子操作でつくり出した四十パーセントの死亡率を持つウィルスの蔓延《まんえん》においてはだ。燎原《りょうげん》の火の勢いでひとびとのいのちを啖《くら》い、荒らし尽くす。

「ことはエチオピア一国の問題ではない。そう、受けとめるべきだ。癌病船はすぐれた闘病組織だ。抜群の機動性も持っている。尖鋭《せんえい》行動がとれる。先制行動がとれるのは癌病船だけだ。その癌病船が行かなくて、エリトリアインフルエンザをだれが叩く。だれにも押え込めはしない。世界に蔓延するのみだ。黙ってみているわけにはいくまい」

白鳥はハリソンを見守った。

ハリソンは額を押えている。閉じた目の周辺に苦悩の翳《かげ》りが深い。

「しかし、エチオピア政府は、癌病船を攻撃すると警告している。当船には八百人の患者がいる。総勢で二千五百人以上の人間が乗っている。それを、万一のときは、殺すのか」

「…………」

「わたしには、できない」

ハリソンは、声を落とした。

「当船は、ハーグ条約でいうところの赤十字船ではない。しかし、それ以上の存在価値を持っている。全世界が認めている闘病船だ。エチオピア政府もむやみに攻撃はできまい。そんなことをすれば、国際世論に叩かれる。わたしは、たんなる威嚇《いかく》だと思う」

「威嚇でなかったら」

ハリソンは暗い目で白鳥をみた。

「行ってみれば、わかる」

「…………」

「癌病船を撃沈しようとする人間は、狂っている。狂人をおそれて癌病船は尻込みするべきではない。ここで使命を放棄しては、癌病船は有名無実のものとなろう。幽霊船のように七つの海をあてもなく彷徨《さまよ》うばかりになる。わたしは、故リチャード・スコットに懇望されて癌病船の船長になった。スコットの意志を尊重したい。癌病船を幽霊船にするのは、スコットを辱《はずか》しめることになる。わたしは、何も冒険をしたいわけではない。だが、進まねばならないときには、わたしは、船を進める。たとえ何があろうともだ。それが、わたしの職務だ。ハリソン、わたしは癌病船をエリトリアに接岸させる。あなたはエリトリアインフルエンザを押え込むことに没頭していただきたい」

「…………」

ハリソンは答えなかった。

黙って白鳥をみつめた。南シナ海でのマフィアと白鳥の死闘ぶりを思いだしていた。

重い吐息を、ハリソンはついた。

インターホンが沈黙を破った。

「船長！　投身自殺者です！」

一等航海士《チョイサー》の竹波豪一の狼狽《ろうばい》した声が叫んだ。

「非常停止《エマーゼンシーストップ》！」おうむ返しに命じた。「救命ボートを下ろせ！」

命じながら、白鳥は帽子を摑んでいた。

5

癌病船はもの哀しく号《な》いた。

インド洋マルジブ諸島に近い洋上だった。

非常停止した癌病船から十数隻の救命ボートが下ろされた。救命ボートは巨船の両舷に散った。

癌病船は投身者に呼びかける警笛を鳴らしつづけた。むせび号《な》いているような弱々しい警笛であった。

白鳥鉄善はブリッジで双眼鏡を握りしめていた。

四台のレーダーが投身者を求めている。

副船長、一、二、三等航海士全員が双眼鏡で海を見つめている。操舵手《コーターマスター》五人も双眼鏡で海を探していた。

晴天であった。洋上にはうねりがある。季節風の吹く海域だ。つねに荒れ気味である。

双眼鏡には何も映らなかった。レーダーも何もとらえない。レーダーは波濤《はとう》を透さない。波間にあるものはとらえがたい。浮き沈みするものはなおさらだ。たよるのは人間の目だけであった。甲板では甲板員《セーラー》が総出で、捜している。

患者も自室の窓や各階のプロムナード・デッキから捜していた。

だれが投身したのかわからない。

Dデッキの中央船首寄りに劇場がある。外側はプロムナード・デッキになっている。

そこから少女らしいのが手摺《てすり》に上がって海に跳んだのを、甲板員《セーラー》の一人が目撃したのだった。

少女ときいて、白鳥はとっさに夕雨子を思った。担当看護婦に電話をかけて訊いてみた。夕雨子は在室していた。

ほっとしたが、心が晴れたわけではなかった。少女は各国から三十人ほど収容されている。付き添いがいるわけではない。海に身を投げねばならないところまで自身を追い込んだ幼い魂を思うと、やりきれない思いだった。


石根利秋は非常停止《エマーゼンシーストップ》で外に出た。

船内放送はない。走る甲板員に何があったのかを訊いた。少女の投身自殺だと聞いて、石根の足が竦《すく》んだ。

石根の脳裡《のうり》に一枚の絵が浮かび上がった。

ボツワナの少女、ムヤンガ・イレーネの描いた死の心象風景であった。

石根はエレベーターに走った。

イレーネはHデッキだ。H—6。夕雨子の隣室だ。

そのH—6号室の前には夕雨子が立っていた。夕雨子ははげしい勢いでドアを叩いている。夕雨子は石根をみた。夕雨子の貌には血の気がなかった。薄い唇が痙攣している。

石根は夕雨子を自室に連れ込んだ。

捜索がはじまっている。それを夕雨子にみせるわけにはいかなかった。

投身者がイレーネかどうかは、はっきりしていない。石根は、イレーネだろうと思っていた。夕雨子は確信している。テーブルに身を伏せた。嗚咽《おえつ》が痩せた背をふるえさせている。ことばを失って、石根はそれをみていた。

石根がイレーネの担当看護婦に会ったのは五日前だった。イレーネの精神状態を説明した。自己保身本能が薄れていることを、絵で説明した。看護婦は格別の変化はみられないと答えた。イレーネは脊髄に穴を穿《うが》たれて定期的に注射針を通されている。それをイレーネはいやがっていた。だが、なにもイレーネだけではない。すべての患者がいやがる。特別にその治療が影響を与えたとは思えないといった。

翌日、看護婦から連絡があった。イレーネと話し合ってみたが心配したほどのことはなかった。しかし、一応、医師に説明して、ケースワーカーをつけるように計《はか》らってみると、看護婦はいった。

それきりになっていた。

ケースワーカーがついたものとばかり、石根は思っていた。

夕雨子の嗚咽はやまない。

——少女は収容すべきではなかったかもしれない。

石根は、そう思った。少女は両親のもとで死ぬべきだとの重いうめきに似たものがある。せめてものそれが餞《はなむけ》ではないのか。独りで異境に旅立たせることはないのではないのか。

だが、石根は、首を振った。

癌病船は闘病船である。七つの海を回る。ひとびとはそこに奇蹟のまぼろしをみる。家庭問題もある。夕雨子の家族はアパート住まいだという。広大な邸宅ならよい。家族は鼻を突き合わせて夕雨子の病魔に蝕《むしば》まれる鬼気迫る姿を見守らねばならない。夕雨子が選ばれたとわかって、別離の哀しさに一家が声のない声を振り絞って泣いたであろう光景が、思われる。

どちらがよかったのか、石根には、わからない。

夕雨子は独りで癌病船に乗った。

やっとの思いで、友を得た。

その友、ムヤンガ・イレーネは、夕雨子に一枚の絵を遺《のこ》して、投身自殺した。

夕雨子は嗚咽に細い体を波打たせている。

癌病船は捜索を打ち切った。

二時間近く捜したが、少女の姿はどこにもなかった。その頃には少女の姓名がわかっていた。ボツワナから来たムヤンガ・イレーネ、十三歳であった。

捜索を打ち切って、癌病船はイレーネの沈んだ海に献花をした。

献花はブリッジにつづくサン・デッキで行なわれた。

船長、病院長、副船長、副院長、担当医と、献花がつづいた。一等航海士以下の乗組員も献花の列に並んだ。

石根も夕雨子を連れて末尾に並んだ。

一時間ほどで献花は終わった。

最後に、白鳥は短い挨拶をした。

船内テレビがその模様を映し出した。

白鳥は竹波豪一に癌病船を発進させるように命じた。

公室に向かおうときびすを返したところで、夕雨子を連れた石根に声をかけられた。

石根は、イレーネが夕雨子に遺した絵をみせた。事情を説明した。イレーネにはケースワーカーはつけられていなかった。精神科の専門医が診ていまのところその必要はあるまいとなったのだという。

イレーネには死の影が濃厚だった。それはこの絵が証明している。何がイレーネをそこに追い込んだのかは、石根にもわからない。もともと、明るい少女だった。英語を習得しようと懸命に単語をおぼえていた。絵を懸命に描いた。夕雨子とは絵で話し合った。夕雨子もそれに触発されて明るさを取り戻した。

だが、そのイレーネが、死の心象風景を描き遺して、海に消えた。

隠されたわけがありそうな気がする。

石根はそのことを白鳥に訴えた。

イレーネのような少女はほかにもいる。連鎖反応が心配だと。

白鳥は絵を貸してほしいとたのんだ。

白鳥にもその絵は死の影が色濃くみえた。単純な絵だがその背景に重苦しい死神の潜《ひそ》む姿がみえた。

白鳥は船長公室に戻った。

グラスにウィスキーを注《つ》いで、窓辺に立った。波濤の高いインド洋を癌病船は三十五ノットの高速で分けていた。どこまでもぼうばくたる海原であった。

やがて、電話を把って、テレビ撮影班を呼んだ。

撮影準備の終わるのを待って、白鳥はカメラの前に腰を下ろした。

緊急放送がはじまることは、すでに告げてある。

「船長の白鳥鉄善です」

白鳥は、はなしはじめた。

カメラは回っている。テレビ画面にはイレーネを悼《いた》む献花の光景がバックに映されている。

「ボツワナから来ました、ムヤンガ・イレーネが投身自殺をいたしました。わたしは、船長として悔いております。イレーネは十三歳でした。幼い少女です。それだけに多感でもあります。投身自殺をさせた責任のなかばは、船長たるわたしにあります。そのことをイレーネの魂および、皆様に詫《わ》びておきます」

たんたんと話した。

気負いも何もない。あるのは深い哀しみだけであった。

テレビ画面はイレーネの絵を映し出した。

「この絵はイレーネがたった一人の友である日本人の少女、大月夕雨子に描き遺したものです。イレーネは六日前にこの絵を描いて、夕雨子に黙って渡しています。瞳には泪を溜めていました。イレーネは母国語以外には喋《しゃべ》れません。夕雨子とも絵で話し合っていたのです。夕雨子は絵をみてイレーネの死のうとしていることを悟りました。急いで知人の石根氏に絵をみせたのです。石根氏は担当看護婦に、担当看護婦は担当医師に、医師は精神科医に診察を要請しました。この一枚の絵はそれほどの重要性を含んでいたのです。診察の結果は、ケースワーカーをつけるまでのことはあるまいとなりました。皆様は覚悟して癌病船に乗っています。しかし、少年少女には覆《おお》いがたい望郷の思いがあります。イレーネの沈んでいるのもそれだとなったのです。そのみたてをわたしも適切なものだと思います。イレーネの部屋には七、八枚の故郷ボツワナのパステル風景画がありました。ただいまおみせしている絵を描いて夕雨子に渡してから、イレーネは憑《つ》かれたように今日までボツワナの絵を描きつづけたのです。それまでにそれらの絵がなかったことは、夕雨子が知っています」

白鳥は日本語で喋っていた。

同時通訳が各部屋にセットされている。各人、母国語で聴いているのだった。

「絵を、よくみていただきたい。この絵は自らの死を暗示しています。透明な湖です。うつくしい湖です。その湖に一頭の象が横たわっています。わたしにはイレーネの気持ちを代弁する能力はありません。しかし、みていて鬼気迫るものをおぼえます。イレーネは死というものの心象風景を持っていたのです。癌に冒《おか》されるようになってから、十三歳にすぎない少女の心にこの心象風景はつねに描きつづけられていたのです。そして、ついに、少女はその風景を自身で描き出さねばならないところに自身を追い詰めたのです。描いて、瞳に泪を溜めて夕雨子に渡しました」

白鳥はことばを切った。

「何が、そこまでイレーネを追い詰めたのか、わたしにはわかりません。イレーネは英語の単語をおぼえようと必死になっていました。あらためて、イレーネの冥福《めいふく》を祈ります」

テレビはイレーネの絵を映し出している。

微動もしないで映しつづけていた。

電話が鳴った。

老女らしい英語を操《あやつ》る声が泣きながら訴えた。

「わたしが、悪かったんです！　少女が、イレーネが、たどたどしい単語で話しかけてきたときに、そっぽを、そっぽを向いたんです。それがあのこの心を傷つけてしまったのでございます。わたしは、なんということを——」

その悔悟《かいご》を、石根は夕雨子と部屋で聴いていた。

老女のことばは画面を通してきこえる。

船長公室にはインターホンと三台の電話がある。その三台が鳴りつづけていた。

カメラはその光景を追っている。

白鳥が別の電話に出た。英語を使う青年からだった。青年の声はふるえていた。イレーネから話しかけられた。頭髪が脱け落ちていて醜かった。向うへ行けといったが、通じなかった。イレーネはガムを差し出した。わたしは、そのガムを投げ捨てた。青年は、泣いていた。

かわって、老人の声が出た。

老人はイレーネを自殺に追い込んだのはわれわれだとふるえ声で告げた。ともに癌患者だ。同じ船に乗っている。なのに、わたしはイレーネが特別病棟デッキにいるのをみて、叱った。こんな差別意識を持ったまま死にたくはない。わたしは、死んでしまいたい。死んで、少女に詫びたい思いでいっぱいだ。わたしはかねに余裕がある。その絵を一万ドルで買いたい。イレーネの両親に墓を——せめて墓を——。

老人は絶句した。

夕雨子は無言でテレビをみていた。

夕雨子の横顔は冷たかった。

おとなの感傷とは夕雨子は無縁のところにいるのを、石根は知った。

6

十月十九日午後七時。

WHO理事長、アンリ・ベルジュから癌病船に電話が入った。

電話には白鳥鉄善が出た。

「これが最後だ、キャプテン」

ベルジュの声には疲労の気配が濃い。

「ついに、エチオピア政府説得は不能に終わった。あらゆるてを尽くした。エチオピアの友邦国であるソビエト政府にも働きかけたが、こちらのほうも徒労に終わった。いまや、なすすべがない。エチオピア政府はエリトリアインフルエンザは謀略だと声《こわ》高《だか》に否定している。エリトリア独立戦線側も依然、沈黙を守ったままだ。情報では、政府軍がいよいよ大攻勢に出る態勢がととのったそうだ」

「WHOは、投げたのですか」

「投げたわけではない。だが、癌病船のエリトリア入港は、諦《あきら》めざるを得ない。われわれはエリトリアインフルエンザは世界各地に猛威をふるうものとみて、患者の鼻腔洗浄液が手に入りしだいワクチン製造に全力を挙げる態勢をとっている。だが、それは大幅に遅れるだろう。エチオピア医師団は沈黙を守っているし、エリトリア地方への旅行を政府は禁止した。また、隣国であるスーダン、ケニア、ソマリア、イエメン、サウジアラビアなどが国境を閉鎖した。インフルエンザをおそれてだ。そうなっては、もう、どうしようもない。われわれはインフルエンザが他国に飛び火するのを待つしかない。残念だがな」

「すると、エチオピア国民は見殺しですか」

「われわれとて、万能ではない」

「わかりました」

白鳥は電話を切った。

ニューヨークにある財団本部を呼び出した。

電話にはロナルド・パターソンが出た。

白鳥は、癌病船のジブティ共和国への寄港手続を依頼した。

ジブティ共和国はエチオピアとソマリアに囲まれた小さな国だ。そこにジブティ港がある。アジスアベバとジブティを結ぶフランスエチオピア鉄道をフランスの協力で敷いている。いまは西ソマリア解放戦線の手で破壊されたままになっている。ジブティは鉄道が破壊されるまではエチオピアが物資を運び出す主要港だった。

癌病船をそこに寄港させれば、医師団がエリトリアに入ることは可能かもしれないと、白鳥はみた。

「WHO理事長から電話があった。アンリ・ベルジュは万策尽きたと、匙《さじ》を投げた。こうなっては癌病船の出番はない。本部委員会は北斗号を大西洋に向けることに決定したばかりだ」

「エチオピア国民は見殺しですか。エチオピアだけではない。脳破壊型のウィルスは全世界に拡がります」

「WHOは、ウィルスがエチオピア国外に出るのを待っている。すべての医薬先進国はワクチン製造態勢に入っている。ケニア、インド、シンガポールと、現在、WHO依頼の検疫部隊が密使の足跡を追って罹患者捜しに懸命になっている。おそるべきウィルスだとは承知している。WHOおよび全世界の医療機関は戦闘態勢に入っているのだ。決して、傍観しているわけではない。指示に従いなさい」

「わかりました」

そう答えざるを得なかった。

白鳥はジブティ共和国の米総領事館に直接、電話を入れて、寄港手続を依頼した。癌病船が介入できる態勢にはない。そのことは白鳥も承知していた。だが、諦めるわけにはいかなかった。政府軍、反政府軍の争いがなければエチオピアは双手《もろて》を挙げて癌病船を迎える。阻《はば》んでいるのは内乱だ。

捨てておけば何万、何十万人のムヤンガ・イレーネが出る。ウィルスには老人子供が罹《かか》りやすい。無残に死んでゆく少年少女を思うと、白鳥は、口を閉じるわけにはいかなかった。イレーネの死を無駄にしてはならないとの思いがある。病魔に蝕《むしば》まれさえしなければイレーネは生きたままインド洋に身を沈めることはなかったのだ。

白鳥は無力だった。病人のいのちを救うなんの手伝いもできない。だが、無力だけにウィルスに倒れてゆくおびただしい少年少女を思うと、おそろしかった。

癌病船を強行接岸させれば何十万人のいのちが救える。癌病船にはそれだけの力があるのだ。エリトリアインフルエンザを癌病船は力で叩けるのだ。その戦闘船はいま、フルスピードで紅海に向かっている。だれにも癌病船はとめさせはしない。

白鳥にはその決意がある。

ゲリー・ハリソンが船長公室に入ってきた。

白鳥はウィスキーを出した。

飲みながら、事情を説明した。

ハリソンは、異を称《とな》えなかった。

白鳥に任せようと思っていた。白鳥なら難関を切り抜ける。不撓不屈《ふとうふくつ》の白鳥の精神をハリソンは貴重なものに思っていた。

何万人のイレーネを出させるわけにはいかないという白鳥の双眸《そうぼう》は、濡《ぬ》れていた。同感であった。医師はそのために闘っている。横浜港出港以来、ハリソンは寧日《ねいじつ》なく病魔と闘ってきた。いのちのつづくかぎり、癌との戦いをつづけようと決意している。それを、政治の都合で病原菌をふり撒かれてはたまったものではない。遺伝子操作で作り出したH4N3は癌よりもはるかにおそろしい。癌病船が見捨てたら、確実に何十万人の人間が死ぬ。治癒しても運動障害、知能障害が残るのだ。

ハリソンは、グラスをみつめた。

イレーネの絵が琥珀《こはく》の液体に浮いていた。

おそろしい絵だった。それを描かせた悔悟が深い。そこまでは目が届かなかった。病気を治しても心を治せなければ人間は死ぬ。そのことをハリソンは承知していた。癌病船にマンツーマンで看護婦を配置したのもそのためだ。

だが、少女は、インド洋に身を沈めた。

白鳥のテレビでの訴えで少女を死に追いやった原因が明らかにされた。ひとびとはイレーネの遺した絵の複製を千ドルで買うと申し出た。総計では十万ドルにもなろう。だが、死んでしまったイレーネには、ひとびとの悔悟は、届かない。

無理をしてでも癌病船がエリトリアに入れるのならそうすべきだと、ハリソンは思った。シンガポールから積んだ受精卵でかなりな量のワクチンは製造している。医師団、看護婦団は縦横に活躍できるのだった。

——死んでからでは、おそい。

胸中に、ハリソンはつぶやいた。

電話が入った。

ジブティの米領事からだった。

短い会話を終えて、白鳥はハリソンをみた。

「ジブティの大統領は、寄港を拒否した」

白鳥は、グラスを把った。

「大統領が……」

ハリソンには信じられなかった。

「国際政治だろう」

声に力がなかった。

「四面楚歌《しめんそか》か……」小さな音をたてて、ハリソンはグラスを置いた。「癌病船は行方を失ったのか」

「いや」白鳥は、首を振った。「本船が紅海に入るまでには、あと三日ある。わたしは、投げたりはしない」

白鳥はグラスにウィスキーを注いだ。

インターホンが白鳥を呼んだ。

「米大西洋艦隊中東海軍部隊からです。電話で受けてください」

通信室からだった。

「北斗号、キャプテン、白鳥鉄善です」

「わたしは中東海軍部隊司令のロバート・スチュアート中将だ。貴船はどこに向かうつもりか」

「エリトリアです」

「国防総省《ペンタゴン》より連絡があった。癌病船を紅海に入れるなとの命令だ。それでなくても、ペルシャ湾岸、アフリカの角《つの》一帯は険悪な情勢にあるのだ。何が起こるかわからない。また、何が起こってもふしぎではないのだ。われわれ中東海軍部隊は連日、緊迫した情勢の中に置かれている」

　命令口調で、声にいらだちがあった。

「戦争をしに行くのではありません」

「きみに一つ、教えておこう。昨日からアフリカの角一帯にソビエト大西洋艦隊の主力艦隊が展開中だ。紅海入り口には巡洋艦、駆逐艦《くちくかん》、潜水艦が犇《ひしめ》いている。その艦隊に包まれるようにしてエチオピア海軍の魚雷艇が出動している。それでも、きみは、癌病船を突入させるつもりかね」

「本船はアメリカ国籍です。国連の認めた病院船でもあります。そのアメリカ国籍の癌病船が攻撃されても、米大西洋艦隊は見てみぬふりをなさるつもりか」

「黙ってはいられないから、困るのだ。われわれはつねに戦闘態勢にある。ソビエト大西洋艦隊が貴船を砲撃すればわれわれはいっせいに火蓋《ひぶた》を切る。切らざるを得まい。きみは、われわれに戦争を強《し》いるのか」

「そうではありません。エリトリアインフルエンザは放置しておけばおそるべき猛威をふるいます。押え込めるのは癌病船をおいてないのです。貴艦に任務があるように、癌病船にも任務があります」

「癌病船の任務はよく承知している。だが、エチオピア海軍には癌病船が領海を侵犯したら攻撃するよう命令が出ておる。貴船がエリトリアに近づくことは不可能だ。それに、任務とはいってもだれも癌病船をエリトリアには招いてはいない。進路を変更しなさい」

「命令ですか」

「戦時ではないから、命令ではない。警告だ」

「了解、スチュアート中将」

白鳥は電話を切った。

「ついに、国防総省が、乗り出してきたのか」

ハリソンの声が、暗い。

「そうだ。国防総省も大統領もH４N３のおそろしさは知っている。だが、それを押えに立ち上がろうとはしない。ペルシャ湾岸、アフリカの角一帯に火がつくことのほうを、おそれている」

白鳥は、グラスを把った。

7

エリトリア独立戦線議長、リジ・ウルデミカエルを、医療隊長ケテマ・ウォルドは診察していた。

アファベット近い山中の要塞《ようさい》だった。

ウルデミカエルは板ベッドの上に横たわっている。護衛の兵士がバケツに水を汲んできてはウルデミカエルの全身に浴びせかけている。数分もすると水分はなくなる。要塞の外は六十度近い熱暑地獄だ。内部でも五十度は超している。

ウルデミカエルも熱暑に負けない高熱を発していた。燃え上がりそうな肌であった。

エリトリアインフルエンザだった。

ウォルドは、首を振った。処置の方法がない。罹《かか》ったら最後だった。これまでにウォルドは何百人もの罹患者を診ていた。抗生物質を投与したが効き目がない。抗生物質で効かないとなるとほかにすべがない。

アマンタジン誘導体なら効くかもしれないとウォルドは思った。だが、ここでは、それは、手に入らない。医療隊が持っているのは鎮痛剤とかビタミン剤その他である。抗生物質は貴重品であった。

死人があとを絶たない。毒薬を呑《の》みでもしたようにひとびとは仆《たお》れてゆく。栄養が悪いからなおさらであった。抵抗力というものがない。つねに飢餓《きが》状態にある。インフルエンザに罹ったらじきに身動きできなくなる。

難民キャンプで全滅したのもある。

難民は何万人もいる。父母を殺された子供たちが何千人といる。兵士は負傷者だらけだ。いたるところに血が流れている。傷ついたら死ぬ。医療隊が貧弱だからだ。流れ出た血はたちまち水分を失う。乾いて玉虫色の妖《あや》しい光を放つ。その光が大地のそこここにある。

独立戦線側は難民の面倒をみている。

食糧は自給自足を原則としているが、たいていは不毛の地だ。あるのは酷暑だけである。風は熱風となって吹く。

そういう劣悪の条件のところへインフルエンザが襲いかかったのだった。

喰いとめる方法がなかった。

インフルエンザが流行しはじめてウォルドは首をかしげた。これまでインフルエンザの流行したことのない地域だった。いったい、どこからこの酷熱の地にウィルスが持ち込まれたのかと思った。しかもウィルスはウォルドが見聞も経験もしたことのない強力な毒性を持っていた。

　ウォルドは、バレンツ近い山中に墜落した国籍不明機を思いだした。墜落したのは夜半近い時刻だった。未明に二機のフィッシュベッドが飛来した。山容が変わるまでフィッシュベッドは墜落機を爆撃した。落ちたのは某国機で重要機密を積んでいたのだと、それでわかった。

　最初のインフルエンザがその周辺から貌《かお》をのぞかせていることに、ウォルドは思い至った。

　そこに思いいたって、ウォルドは顔色を失った。政府軍がエリトリアに強力なインフルエンザウィルスを撒いたのだと悟った。二十年来の独立戦争で政府軍は疲弊《ひへい》している。独立戦線を叩くすべもない。ゲリラ戦法をとっているからだ。最近では政府軍は幾つかの拠点を放棄さえしている。業《ごう》を煮やして生物戦で皆殺しを計ったものにちがいなかった。

　墜落機の猛爆はその証拠を消すためのものだ。

　ウォルドの非常連絡で最高会議が開かれた。そこで、ウォルドは癌病船に密使を出すことを提案した。外国紙の特派員にアピールしたところでどれほどの効果があるかとなると、疑問だ。国際赤十字の援助も政府側の反対にあえば期待薄だ。反政府軍の支援にどこかの国が医師団を派遣してくれる希《のぞ》みは、さらにない。癌病船なら起《た》ってくれるかもしれない。癌病船が起てば、国際世論を動員できる。生物兵器を使った政府は、世界中から袋叩きに遇《あ》う。

ウォルドの提案は可決された。

五人の密使が選ばれた。ウォルドから癌病船病院長ゲリー・ハリソンあての密書が五人の密使に托された。選ばれた五人はインフルエンザに罹患していた。それが選抜条件であった。癌病船はただちにウィルスの分離、同定にかかる。ワクチン製造にも取りかかるはずであった。ウォルドがみるかぎり、ウィルスの毒性の強さは異常だ。遺伝子を改造した悪魔のウィルスの可能性さえある。癌病船はそれを突きとめたら、黙ってはいない。

劇的な発表となる。

呼応して、ウィルスによる惨状を全世界に訴える。

だが、計画は変更になった。

各戦線で政府軍が大集結をはじめたのだった。

独立戦線側は沈黙した。ＷＨＯからの呼びかけにも答えなかった。人類がはじめて接するウィルスで世界的蔓延のおそれがあるとのＷＨＯの呼びかけを、重苦しい気持ちできいた。政府軍に攻撃権を与えてはならなかった。二十年来の戦いが終熄《しゅうそく》することになる。満足に戦える兵士がいないのが現状であった。インフルエンザが足早に蔓延している。攻められたら、全滅はまぬかれない。女子供にいたるまで攻め滅ぼされてしまう。政府は禍根《かこん》を絶つ気だ。

どこにも、訴えることができない。

政府軍は大攻勢に転じる構えをみせて、何かを待っている。待っているのはインフルエンザの被害状況だ。これまでにも各戦線で総攻撃をかけて、政府軍はたびたび手痛い反撃を蒙《こうむ》っている。ウィルスの蔓延するのを、待っているのだった。

沈黙を守ったままの独立戦線に破滅が色濃く覆いかぶさりはじめていた。

――もう、これまでだ。

ウォルドは、そう思った。

議長のウルデミカエルまで倒れた。

ウルデミカエルは反政府軍のきらめく星だ。失ったら、痛恨は計りがたい。

それだけではない。ウォルドもウィルスに罹患していた。昨日あたりから悪寒が取り憑《つ》いている。微熱があり、倦怠感《けんたいかん》がある。

ウォルドはウルデミカエルを見守った。

四肢に痙攣がはじまっている。あと二、三日のいのちと思われた。

強い向神経性を持った脳破壊型のＨ４Ｎ３からは、何者も逃《のが》れがたい。

ウォルドは要塞を出た。

通信員を呼んだ。

三人の通信員に政府軍から奪った通信機材を運ばせて、山頂に向かった。

癌病船がエリトリアに向かっていることを、ウォルドは承知していた。阻止するために政府軍の高速魚雷艇が出動していることも、ソビエト大西洋艦隊、米中東海軍部隊が睨《にら》み合っていることも、承知していた。

8

癌病船はアラビア海に入っていた。

紅海の入り口であるバブ・エル・マンデブ海峡まであと一日半のところに迫っていた。

癌病船は苦悩に包まれていた。

リチャード・スコット記念財団本部は数回目の航路変更命令を送ってきていた。米大西洋艦隊中東海軍部隊からも再三にわたって進路変更要請を受けている。WHO本部も癌病船をケープポイントに向けるよう要請してきている。

どうするかは、船長の白鳥鉄善と病院長であるゲリー・ハリソンの意志にかかっていた。

船長公室で会議が開かれていた。

船側からは副船長のデビッド・ロートンおよび一等航海士の竹波豪一が出席した。病院側からはゲリー・ハリソン、副院長のハンス・シュライバーの二人が出席していた。

重苦しい雰囲気であった。

二つに意見が分かれていた。

ロートン、竹波、シュライバーの三人は癌病船をケープポイントに向けるべきだと主張した。

白鳥は紅海に入るべきだとの主張を曲げなかった。エチオピア海軍魚雷艇の攻撃はたんなる威嚇《いかく》である。バブ・エル・マンデブ海峡でエチオピア側が癌病船の航行を妨げることはできない。海峡は国際的に開放されている。紅海に入って、エチオピア政府を説得すべきだと、白鳥は主張した。

早晩、ウィルスはエチオピア全土を席捲する。説得に応じないわけにはいくまいと、白鳥はみていた。

癌病船が紅海にいれば、そうなったときに迅速に対処できる。ケープポイントに向かったのでは時を逸《いっ》する。

ハリソンは沈黙を守っていた。どちらとも、ハリソンにはいえない。去就のつきがたい苦悶《くもん》があった。白鳥のことばは正しい。H４N３が蔓延すれば何万何十万の人間が死ぬのだ。癌も戦争もおよばないおそろしい病魔だ。押え込むのが癌病船の責務だ。人類に対する責務といえる。

だが、万一、魚雷攻撃を受けたら、どうなるのか。一発の魚雷が癌病船を真二つに引き千切《ちぎ》るかもしれない。エリトリア独立戦争と南部オガデン紛争の二つをエチオピア政府は慢性的に抱えている。戦争をしている国の常識には尺度がない。

その不安がある。

だれにも要請されたわけでもないとの思いが、ハリソンを消極策に傾かせていた。

だれかがドアを叩いた。

竹波が立った。
通信員が電文を持って立っていた。
ハリソン宛のものだった。
ハリソンは受け取って視線を走らせた。

癌病船病院長ゲリー・ハリソンニ要請スル。タダチニ、エリトリアニ来援サレタイ。エリトリアインフルエンザハオソルベキ猛威ヲフルッテイル。独立戦線ハ全滅ニ瀕《ひん》シテイル。インフルエンザハエリトリアヲ起点ニ短期日ニ全世界ニソノ死ノ触手ヲ拡ゲルモノト思ワレル。政府軍ハH４N３ヲ撒イテワレワレヲ殲滅《せんめつ》セント計ッタ。ワレワレハ卑劣ナ政府ヲココニ告発スル。シカル後ニ滅ブデアロウ。状況ハ惨マタ惨。癌病船ノ一時モ早イ来援ヲ願ウ。エリトリア人民三百万人ノ生命ヲ救ウノハ癌病船ヲオイテ他ニナイモノト信ジル。

エリトリア独立戦線議長
リジ・ウルデミカエル

読んで、ハリソンは白鳥に渡した。

白鳥はロートンに渡した。

「惨また惨か――これで、決定だな」

白鳥は、ハリソンに同意を求めた。

ハリソンは無言でうなずいた。

「一等航海士《チョイサー》」白鳥は竹波に視線を向けた。「WHO本部、財団本部、米大西洋艦隊そして、エチオピア政府に電報を発信するのだ。来援要請の電文全文を伝えなさい。当癌病船はこれより紅海に向かうとな。癌病船を阻止しようとする者は自らのいのちに弓を引いていることになる。海峡を開けなさいと、通告するのだ」

白鳥の口調は凛乎《りんこ》としていた。


癌病船がアデン湾に入ったのは翌朝であった。

癌病船は三十八ノットの快速で海を切っていた。

白鳥はブリッジに立っていた。

ハリソンがいる。ロートンがいる。航海士全員が詰めている。操舵手《コーターマスター》も全員詰めていた。

ブリッジには緊迫が漲《みなぎ》っていた。

エチオピア海軍魚雷艇艇長はマスカル・エグジー大佐であった。

エグジーは最後の連絡を海軍省にとった。癌病船はアデン湾にかかっている。命令は、バブ・エル・マンデブ海峡で阻止せよと出ていた。強行突破の構えをみせたら魚雷攻撃をせよとの命令を受けていた。

ほんとうに魚雷攻撃をしてよいのかと、エグジーは最後の念を押した。

命令に変更はないとの返答を得た。


舞台裏では必死の工作が行なわれていた。

WHO理事長のアンリ・ベルジュは国際赤十字および在エチオピア、スイス大使館を通じてエチオピア政府説得の死物狂いの工作をつづけていた。

癌病船説得は不能であった。白鳥鉄善が船長でいるかぎり、回避の希みはない。癌病船を攻撃したら、世界世論を敵に回すことになる。癌病船の説得はつづけている。ともかく攻撃命令だけは撤回していただきたいと、迫っていた。

エリトリアインフルエンザなどは存在しない。アメリカの謀略である。反政府軍に加担するものはたとえ癌病船でも攻撃する権利がある。

政府当局はそう突っぱねた。

米大西洋艦隊中東海軍部隊の司令官、ロバート・スチュアート中将は苦りきっていた。

再三にわたる警告を無視して癌病船はアデン湾に入ってきた。地中海にいる大西洋艦隊提督に指示を仰いだが、直接、国防総省に指示を仰げと突っぱねられた。国防総省も呆《あき》れていた。海軍長官、厚生省長官などと連絡を取り合った末に、貴官に一任すると通告してきた。

スチュアートは憮然とした。

アデン湾から追い出すのか、それとも、エチオピア魚雷艇を追っ払うのかと訊いた。

貴官の判断を尊重するとの返事だった。

スチュアートは、怒った。

中東海軍部隊は空母一、巡洋艦二、駆逐艦三、潜水艦五、補給艦七隻の陣容である。

アデン湾の北、南イエメン沖に張りついている。近くにソビエト大西洋艦隊が展開している。似たような陣容であった。

「ソビエト司令に連絡しろ」

スチュアートは怒鳴った。

「癌病船には手を出すなといえ。手を出したら、中東海軍部隊が黙っていないぞと、威嚇しろ！」

「エチオピア魚雷艇は、どうします？」

「そんなものは、ほったらかしておけ。一度、魚雷をくらってみるがいい。戦闘機発進準備をしておけ」

ひどく、不機嫌になった。


インド洋では米第七艦隊主力とソビエト太平洋艦隊主力が睨《にら》み合っていた。


午前十時。

癌病船はバブ・エル・マンデブ海峡に差しかかっていた。

晴れていた。

左側はジブティ共和国。右はイエメン人民民主共和国。レーダーがそれらをとらえている。海峡はその中間を流れている。

「前面にエチオピア魚雷艇！」

レーダー係が叫んだ。

「距離は？」

白鳥が訊いた。

「約五マイル」

「スピード・ハーフダウン」

白鳥は、指示した。

高速でアデン湾を切っていた癌病船は七万二千トンの巨体をわずかに沈めた。

「一等航海士《チョイサー》。コーターマスター全員に魚雷の航跡を監視させろ」

白鳥は、おちついていた。

癌病船上空に米中東海軍部隊の戦術ヘリコプターが飛来している。

「癌病船。こちらはエチオピア海軍魚雷艇だ。バブ・エル・マンデブ海峡を封鎖する。貴船は反政府軍に加担しようとしている。わが国に対する敵対行為とみなす。回避しなければ攻撃をする」

警告が入った。

「魚雷艇に告ぐ」白鳥はマイクを把った。「わたしは船長の白鳥鉄善だ。癌病船は貴国に敵対するものではない。貴国のエリトリア州は潰滅の危機にある。よく聴きなさい。現在、エリトリアで猛威をふるっている病原菌は人間の造り出したものだ。科学者がウィルスの遺伝子を組み替えておそるべき毒性を持たしたのだ。強い向神経性を持つ脳破壊型ウィルスだ。かりに治癒しても意識障害が残り、運動障害が残る。このウィルスは貴国が造り出したものではない。某国輸送機がエリトリアに墜《お》ちてそこから悪魔のウィルスが拡散したのだ。責任は貴国にはない。わたしは、貴官に要請する。海峡を開けられたい。おそるべきウィルスと闘えるのは癌病船をおいてほかにないのだ。癌病船を沈めたら、日を経ずして貴官もウィルスの餌食《えじき》になる。妻も、子も、そうなる。エチオピア全土に拡がるのは時間の問題だ。わたしは癌病船船長として、貴官に要請する。海峡を開けられたい」

「わたしは軍人だ、船長。国家命令には逆らえない」

「病魔に国土を支配されては、国家も何もないではないか。貴官は同胞を殺したいのか」

「エリトリアインフルエンザなどは、存在しない。これが最後の返答だ」

無線が切れた。

「魚雷艇」上空の戦術ヘリコプターからの呼びかけが入った。「癌病船は公海上にいる。海峡はたとえ領海内といえども無害航行権がある。中東海軍部隊名に於《お》いて貴艇に警告する」

「無害航行ではない。癌病船は反政府軍に加担しようとしているのだ！」

ヒステリックな応答が入った。

白鳥は双眼鏡で魚雷艇をとらえていた。魚雷艇は左舷一マイルのところに迫っていた。

癌病船は十五ノットに落としている。

ブリッジには寂《せき》として声がない。

「癌病船！　魚雷だ！　左舷六度！」

ふいに、戦術ヘリコプターから叫びが入った。

「左舷《ハード・ポート》一杯！」白鳥は叫んだ。「機関全開《セットフル》！」

「魚雷！　右舷《スターボード》三度！」

ややあって、コーターマスターの一人が叫んだ。

癌病船は全速前進に入っていた。巨体が海を割《さ》いて左に旋回した。魚雷は船首前方を通過していた。

「狂ったのか！　魚雷艇！」

戦術ヘリコプターからの怒声が入った。

「もう一度、やってみろ！　ミサイルを叩き込んでやる！　癌病船はアメリカ国籍だ。自国船舶保護のために攻撃を開始する！　癌病船、海峡に向かえ！　魚雷艇は粉砕してやる！」

激怒した声が入った。

「海峡に、向かえ」

白鳥は指示して、マイクをとった。

「魚雷艇、もうよかろう。癌病船が行かなければ、何十万の同胞が死ぬのだ。それを、わかってもらいたい」

次回は沈めるぞという警告のための発射だと、白鳥にはわかっていた。

「無駄だ、癌病船！　撃沈する！」

叫びが返った。

「接近してきます！」

コーターマスターが叫んだ。魚雷艇は左舷から高速で突っ込んできている。

「癌病船！」戦術ヘリコプターからあわただしい声が落ちた。「海峡に向かえ！　魚雷スピードは三十五ノットだ。そっちは三十八ノット。振り切れる。魚雷艇は四十ノットだ。あとは、まかせておけ！」

「魚雷艇！　十秒以内に船首を回せ！　さもないとミサイル攻撃をかける！」

爆音が急降下している。

「魚雷艇が船首を――」

だれかが、叫んだ。

魚雷艇が船首を海峡に向けたのを、白鳥はみた。

魚雷艇の副艇長マスカル・イルゲトは、艇長を射殺していた。

イルゲトの出身地はエリトリアだった。エリトリアでインフルエンザが猛威をふるっているのを、イルゲトは知っていた。電話をかけて家族の安否を知ろうとしたが、軍は通信を途絶させていた。

手を尽くして調べてみた。

エリトリアでは独立戦線側も政府軍側も戦闘能力を失っていた。インフルエンザの猛威の前になすすべがないのだった。大量の住民が隣国スーダンに山伝いに逃げ出しているという。すでに何万という人々が町を村を捨てたという。

イルゲトは家族を心配していた。

「通信士」イルゲトは通信士を呼んだ。「光信号で癌病船を先導すると伝えろ。無線は使うな」

そう命じた。

エリトリア出身の政府軍兵士の独立戦線への投降が相いついでいる。自分もそうするしかあるまいと、イルゲトは思った。


白鳥は魚雷艇の光信号をみた。

豹変《ひょうへん》の理由はわからない。わからないままに光信号で答礼を送らせた。

「終わったようだ」

ハリソンに説明した。

ハリソンは絡《から》め合わせ、握り合わせた両の拳を、解いた。血流がとまって紫色になっているのを、はじめて知った。何をいってよいのかわからないままに、ハリソンは黙っていた。


午前十時四十分。

ＷＨＯ理事長アンリ・ベルジュからハリソンに電話が入った。国際赤十字経由でエチオピア政府が癌病船のエリトリア受け容《い》れを承諾してきたというものだった。

「医薬先進国各国の軍用機が、サウジアラビアに待機中だ。たのむぞ、ハリソン。癌病船しかたよるものがないのだ。なんとしてでも、Ｈ４Ｎ３を押えてくれ。そうでないと、そうでないと、人類は……」

ベルジュは、声を詰まらせた。

ハリソンは電話を切って、副院長のハンス・シュライバーを呼び出した。

「医師団および看護団の上陸用意をしてくれ。医師百五十人、看護婦三百人を連れて行く。わたしが総指揮をとる。ワクチンおよび医療器具、薬品等はヘリで運ぶ。いいな、とうぶんは不眠不休になる。堪えてもらうのだ。われわれは癌病船の名において、エリトリアインフルエンザを押え込む。人間が造り出した悪魔のウィルスを、われわれが押え込むのだ。戦闘開始だと、覚悟していただきたい」

声が、おののいていた。

癌病船は三十八ノットの高速でバブ・エル・マンデブ海峡を通過していた。

「健闘を祈る、癌病船」

遠ざかりつつある戦術ヘリコプターからメッセージが届いた。

「ありがとう、中東海軍部隊」

白鳥が答えた。

ハリソンは白鳥の手を握った。

どちらも、ことばはつかわなかった。

第四章　カナリアの海

1

ハッサン・マラディが死んだ。

癌病船が紅海を出たその日だった。

だれも、ハッサン・マラディの死を知らなかった。担当の看護婦が朝食前の検診に部屋を訪ねたが、ドアには内側から鍵がかかっていた。呼んだが返答がない。

看護婦は総婦長のバーバラ・ルカスに連絡を取った。

ルカスが合鍵でドアを開けた。

マラディはベッドで死んでいた。

マラディは笑っていた。何か愉《たの》しいことがあるように笑っていた。ルカスはそれをみて、立ち竦《すく》んだ。死んでいることは経験の深いバーバラ・ルカスには一目でわかる。しかし、死に貌《がお》が笑っているというのは、ルカスには、はじめてであった。

そのとき、癌病船はアデン湾を出ようとしていた。アフリカの角の突端、グアルダフィ岬に向けて癌病船は大きく舵輪《ホイール》を右舷《スターボード》に回したばかりだった。

朝陽がインド洋上から癌病船の左舷《ポート》全体を染めていた。その陽光がカーテンの隙間から洩れてマラディの貌をとらえていた。船の動きにつれて光がわずかに移りかわった。

移りかわると、マラディの笑みが消えた。

ふつうの死人の貌に戻った。

ルカスは、しばらくは動かなかった。

マラディは笑ったのだと思った。笑って死んだのだと思った。その笑いが死に貌《デスマスク》に溜《た》まっていた。朝陽が訪れるのを待っていた。そして、朝陽に解《と》けて、たゆとうて、消えた。ルカスは、そう思った。

世界中から嫌われつづけた晩年のマラディだった。猜疑《さいぎ》と恐怖の晩年だった。癌病船に救いを求め、そのために一時は癌病船を航行不能に陥《おとしい》れさえしたマラディだった。

だが、マラディは大往生を遂げた。

死に貌に苦痛のないことがそれを証明している。朝陽を待っていた笑いのたゆたいが、それを告げている。

――マラディ。

バーバラ・ルカスは、胸に手を当てた。

――あなたの魂の永遠にやすらかならんことを。

ルカスは、祈った。

マラディの笑いは癌病船の前途を祝福しているものに思えた。世界中から嫌われ、満身創痍《そうい》となったマラディが癌病船に救われてはじめて得た、心からの安息の笑みに思えた。

ハッサン・マラディは遺書を残していた。

マラディには二十億ドルに上る巨額の財産があった。カリマンタンから来たハニフ少年に、滅びかけた一族再興のために五万ドルを贈り、残りすべてを、癌病船の健闘を願ってリチャード・スコット記念財団に贈ると、書き遺《のこ》してあった。

遺体は水葬を希望していた。

マラディの希望どおり、遺体は病理解剖ののちに水葬に付することになった。

マダガスカル島の北にあるセーシェル諸島の珊瑚環礁《リーフ》に葬ることで北斗号船長、白鳥鉄善と病院長、ゲリー・ハリソンの意見が一致した。

二日後にそのセーシェル諸島に癌病船は到着した。

公海上での水葬の権限は、船長にある。

白鳥は一等航海士、竹波豪一に、水葬の支度《したく》を命じた。

水葬に特別の様式があるわけではない。ふつうはキャンバスで厳重に包み、鉄片などを錘《おも》りに入れて舷側から投下する。終われば、その次第を三等航海士が航海日誌《ログブック》に記入し、船長がサインをすることで幕を閉じる。

ハッサン・マラディの水葬には、乗組員《クルー》はとうぜんとして、動ける患者は全員が参加した。

儀式は特別病棟最上階のサン・デッキで行なわれた。

献花が行なわれた。船長、病院長、担当医、一等航海士、担当看護婦の順で、かんたんな献花が終わった。

マラディはキリスト教徒であった。

花に埋もれた遺体を前にして、牧師が死者を送ることばを述べはじめた。

白鳥は海をみていた。

朝陽が昇ったばかりの海だった。環礁が澄み渡っている。眠るにふさわしい場所であった。おびえ、猜疑、苦悩を捨てたマラディの遺体はおだやかな眠りに就く。何万人の国民を虐殺したといわれているマラディだった。残酷きわまる暗黒政治を敷いて国民に君臨してきた男だった。だが、いまは、すべてが無に帰そうとしている。

むなしさのようなものが、白鳥を包んでいた。

エリトリアでの惨状が脳裡《のうり》にある。

エリトリアインフルエンザは一カ月近い癌病船の奮闘でどうにか押え込める見通しがついた。WHOが全面支援に乗り出し、世界中の医薬先進国がワクチン製造に総力を挙げた。それらの力の結集でいまはエチオピア一国とあとは小さな点にすぎない幾つかの地に押え込んでいる。

全世界に暴威をふるうはずであったエリトリアインフルエンザは、未然に封殺されようとしている。

癌病船の真価が世に示された二十日間であった。

癌病船がなければ、あるいはあのときあくまでもエチオピア政府が癌病船の入国を拒めば、パニックは世界を席捲《せっけん》していた。癌病船は病魔に向けて戦端を開いた。総勢で五百人近い医師団と看護婦団が交替で不眠不休に近い働きをした。エリトリアでは独立戦線側も政府軍側も極度の貧困状態に置かれていた。骸骨《がいこつ》のように痩せた人間がいた。腹だけが、あるいは頭だけが異様に大きな子たちがいた。死骸は各所に散乱していた。全滅した難民キャンプがあった。廃墟となった村や町があった。

癌病船は死体を焼却し、難民キャンプを消毒し、村や町に悪魔の病原菌を焼き滅ぼす戦いを繰り拡げた。

各国から医薬品が空輸された。

WHOから医師団が派遣された。

エチオピア政府が全面的に立ち上がった。

ワクチンも空輸されはじめた。

白鳥はそうした状況をつぶさにみていた。

ゲリー・ハリソンの活躍はすさまじいの一語に尽きた。ヘリを駆って連日、空からの攻撃を開始した。医薬品を満載し、医師、看護婦を引き連れて町を村を難民キャンプを訪れた。予防の方法を教え、罹患《りかん》者の手当てをし、医薬品の使いかたを教えた。

病魔の拠点を一つずつ、ハリソンは確実に叩いて行った。

目に隈《くま》ができ、ほおは殺《そ》いだように落ちていた。それでも、ハリソンは休みを取らなかった。訪ねた現地ではかならず防疫班を組織させた。病魔との戦いがいかなるものかを教えて、ひとびとを立ち上がらせた。

重症者の治療には癌病船を提供した。

癌病船が火を噴きそうな日々がつづいた。エリトリアインフルエンザ対策本部に癌病船が充《あ》てられたのだった。罹病地域の指定、医薬品の投下、医師団の派遣その他はすべて癌病船が受け持った。

通信員も不眠不休の状態がつづいた。

いまは、癌病船は対策本部をエチオピア政府とWHO出先機関に肩代わりして、つぎなる癌撲滅会議に向かって航行に就いている。

エチオピア政府と独立戦線は戦争を中止していた。

だが、すぐに戦闘は再開される。両者が和解することはない。癌病船はエリトリアインフルエンザを押え込んで、全世界に波及必至と思われたパニックを封殺した。しかし、戦争が再開されたら、エリトリアはまたたちまち貧困に戻る。全世界から送られた医薬品が切れたら、また、もとの木阿弥《もくあみ》に戻る。ひとびとが飢え、ひとびとが死ぬ。

そのむなしさがある。

癌病船は何をしたのだろうかとの思いがある。人間の叡智《えいち》とはなんであろうかとの思いがある。

牧師の祈禱が終わっていた。

癌病船が号《な》いた。警笛が紺碧《こんぺき》の海に流れた。それが合図だった。ハッサン・マラディを包んだキャンバスが動いた。マラディに国籍はない。マラディの遺体を包んでいるのは癌病船北斗号の船旗だ。真紅の＋《プラス》マークが十文字に四つ配置されている。その真紅の船旗がゆっくり、舷側を滑《すべ》った。

沈黙が訪れた。

ひとびとは息を呑んで、船旗に包まれた死体の沈む様をみつめた。あくまでも透明な珊瑚環礁であった。波紋がおさまったあとに真紅の船旗が斜めに沈んでいくのがみえた。

赤色のスペクトルは海中では四、五メートルの深さで消える。たちまち色褪《いろあ》せて、船旗が白色に変貌した。それでも遺体を包んだキャンバスはくっきりみえる。小魚の泳ぐのもみえる。

やがて、キャンバスの地色である青色スペクトルも消えはじめた。

悲鳴が、突如、大気を裂いた。

白鳥は悲鳴の湧いたほうをみた。その視線が、放物線を描いて海に落ちる物体をとらえた。

「ボートを下ろせ！」

叫んで、白鳥は突っ走った。

放物線を描く落下物が人間だと識別していた。少女のようだと、識別していた。

投身自殺を計ったのは、大月夕雨子《ゆうこ》だった。

夕雨子は石根利秋に連れられてマラディの葬送を見送っていた。

石根は、夕雨子が、手摺《てすり》を乗り越える寸前に気づいた。手を伸ばしたが、間に合わなかった。

石根は夕雨子の落ちた海をみた。

ひとびとが体を乗り出した。目が眩《くら》むほどの高さがある。夕雨子の体は泡をともなって沈んでいた。

「鮫《シャーク》が！」

だれかが、叫んだ。ぶきみな背鰭《せびれ》が海を割《さ》いて突き進んできていた。

石根は、それをみた。みつめながら上着を脱いだ。シャツを引き裂くように脱いで、自身の左の腕に石根は嚙《か》みついた。鮮血が迸《ほとばし》った。嚙み千切《ちぎ》った肉片を吐き捨てて、石根は手摺を摑《つか》んだ。

ひとびとの叫びが湧いた。

血に染まった石根が落下している。血が大気を染めている。

石根の体が高い水柱をたてた。すぐに浮き上がった石根は抜き手を切って泳ぎはじめた。鮫を夕雨子から引き離そうとしている。鮫が血のにおいを嗅いで背鰭を石根に向けた。

それをみて、白鳥は手摺を乗り越えた。三十メートルの高さの空間に躍り出た。白鳥の帽子が空間に舞った。服が風を孕《はら》んだ。悲鳴と叫びが渦巻いた。

その悲鳴を切るように三つの人影がつづいて空間に躍り出た。

懸命に泳ぐ石根に鮫の背鰭が接近した。接近して、背鰭は水中に消えた。泳いでいた石根が水中に没した。海がその部分、揺れた。

血が吐き出されるように浮かび上がった。

真紅の血は海を染めた。

白鳥は夕雨子を抱えた。抱えて水面に向かった。そう遠くないところで鮫が石根を咬《か》み千切っている。おぼろにその光景がみえた。

浮上する前に三つの人影が潜《もぐ》ってきた。三人のカーペンターだとわかった。カーペンターの関根と倉田、鳥居の三人は、白鳥を包んだ。三人が口にくわえたシーナイフが白い光を放った。

救命ボートが撃ち出されていた。発射台から飛び出た包みは放物線を描いて海に落ちた。そのまま潜った。一定の水圧にまで沈むと自動的に炭酸ガスが発射されて筏《いかだ》が膨《ふく》らむ仕掛けになっている。

海に黄色の花が開いたように救命ゴムボートが浮き上がった。それに向かって白鳥が泳いだ。三人のカーペンターが背後を護衛している。白鳥がゴムボートに夕雨子を押し上げた。白鳥がつづいて上がり、三人のカーペンターがつづいて上がった。

それをみても、ひとびとは、歓声は、上げなかった。海の一点に血が拡がっていた。石根の体は喰い荒らされている。数頭の鮫の背鰭がそれに向かって海を切っていた。ひとびとは息を呑《の》んで、それを、見守った。

2

癌病船はポートエリザベスに寄港した。

野菜、果物などの補給目的のほかに、ボツワナの少女、ムヤンガ・イレーネの両親にイレーネ基金を渡す目的があった。

ムヤンガ・イレーネの絵は複製も含めて十万ドルほどになっていた。ひとびとはイレーネ基金と呼んだ。イレーネの両親はそのかねを自国の病人救済に使うといってきているのだった。ボツワナの厚生大臣と両親がポートエリザベスまで受け取りに来ることになっていた。

その基金の引き渡しの儀式には、白鳥鉄善は臨まなかった。

船長公室にこもっていた。

白鳥は懊悩《おうのう》に沈んでいた。

大月夕雨子はいのちをとりとめた。衰弱がはげしいがそのことでは死にはしないと、ゲリー・ハリソンはいった。ただし、白血病による死が迫っている。避けがたい死だとのみたてであった。二カ月前後であろうという。

夕雨子は、なぜ、投身自殺をしようとしたのかについては、口を噤《つぐ》んでいる。かたくなに口を閉じていた。マラディの水葬が夕雨子をふっと引き込んだのだろうとは思う。唯一の友であったムヤンガ・イレーネのインド洋への投身が甦《よみがえ》ったのでもあろう。少女の胸に湧いた思いを推察できないわけではない。夕雨子は死期を悟っていた。旦夕《たんせき》に迫っている死を予感していたのだと思う。その予感に、セーシェル諸島の珊瑚環礁のうつくしさが重なって、心に喰い込んで、夕雨子を招いたのであろう。

救《たす》けてよかったのかどうかが、白鳥にはわからない。死なせるべきだったのではなかったかとの問いがある。救けたところで苦悩と哀しみに充《み》ちた何カ月かがあるだけだ。

夕雨子には石根利秋の死は伝えていない。

決して、伝えるわけにはいかない。石根が自分の腕を喰い破って鮫を夕雨子から引き離したと知れば、幼い魂は、その衝撃には堪えられまい。

無残な、との思いがある。

その思いが白鳥を押しちぢめていた。

石根の決断の早さがある。石根を死界から連れ戻した夕雨子の渾身《こんしん》の魂の叫びがある。石根はそれに応《こた》えたのだ。決断というのではないかもしれない。あれほど素早く自らを鮫の餌食《えじき》にできる決断というのは、あり得ないという気がする。

哀しい、光景であった。

そうして救けた夕雨子も、二カ月でこの世から消えてなくなる。

——適任ではない。

白鳥は、ウィスキーグラスに手を伸ばして、胸中につぶやいた。

ポートエリザベスの白い街が広い窓の外に拡がっている。

北斗号から下船するしかないと思った。自分には向いていない。癌病船の運航目的がどうあろうと、しょせんは、ひとびとの重いうめきを乗せた病院船にすぎなかった。いのちを海に一つずつ落としてゆく船に、すぎなかった。

それに対処できるのは医師のみであった。

——下船しよう。

白鳥はその肚《はら》を固めた。

船乗りには無縁の航海をつづけなければならないのが、癌病船であった。

北斗号はここを出てスペインのバルセロナ港を目ざして北上する。バルセロナが第三回目の癌撲滅会議開催地であった。途中、アンゴラ、コンゴ、ガーナ、リベリア、モロッコなどに寄港する。各地で医師を数名ずつ乗船させて集中講義を受けさせながら航海をする予定になっていた。

バルセロナで下船しようと、肚を決めた。

リチャード・スコット記念財団本部に電話をしようとしたところへ、病院長、ゲリー・ハリソンが入ってきた。

「娘の描いた絵をみて、両親は泣き崩れていたよ」

ハリソンは、ソファに体を埋《うず》めた。

白鳥はグラスにウィスキーを注《つ》いで、渡した。

「バルセロナで、船を下りることに決めた」

テーブルを挟《はさ》んで、向かい合った。

「船を下りる?」

「わたしには、向かない」

白鳥は、心境を述べた。適任ではないとの思いは、最初からあった。リチャード・スコットの遺志だと請《こ》われて、航海に出た。だが、すこしずつ、すこしずつ、適任ではないとの思いを溜めていた。ムヤンガ・イレーネの投身自殺、夕雨子の投身、そして石根の死で、その思いは決定的なものになったのだった。

「だれなら、向いていると思う?」

ハリソンは、白鳥をみつめた。

「あなたなら」わずかな笑みを、白鳥は浮かべた。「あなたのような強靱《きょうじん》さが、必要です。わたしには、それがない」

「医師は人の死になにも感じないと思いますか」

「そうは、思いません。しかし……」

「すくなくとも、わたしは、癌と戦っているのではない」

ハリソンは手にしたグラスに視線を向けた。

「北斗号に乗るまでは、わたしは、癌と戦ってきた。しかし、いまは、いのちと戦っている。癌のみをみないで、いのちに目を向けるようになった。わたしに、それを教えてくれたのは夕雨子です。あの少女は死界に迎えられた石根のいのちを、呼び戻してきた。病魔ではなくて直接、いのちに突っ込んで行ったのです。わたしは、医師は、そのいのちに目を向けるべきだと、悟った」

低い声だった。たんたんと、ハリソンはつづけた。

「あなたは、バブ・エル・マンデブ海峡に、癌病船を突入させた。かつてのわたしなら、体を張ってでもあなたを阻止した。病院関係者全員の責任がわたしにはあるからです。しかし、わたしは、そうはしなかった。神に祈りながらあなたを支持した。なぜだと思います？」

「………」

「ひとが死ぬからです。癌病船が行かなければ、何十万何百万人のひとびとが死ぬからです。人間が、そうやすやすと死んでいいわけはない。悪魔の造り出したH４N３病原菌に興味があったからではない。わたしは、わたしが行けば、癌病船が行けばたすかるひとびとのいのちのみを思って、あなたを支持したのです」

「それは、わかります」

「おわかりになって、いない」

ハリソンは、グラスを置いた。

「おわかりになったのなら、下船の覚悟を撤回していただきましょう。あなたが下りて、だれが癌病船を進めるのです。いったい、だれに癌病船の船長がつとまるというのです。なるほど、ハッサン・マラディが亡くなってそのための襲撃の懸念は消えました。だから、下船しようというのですか。第二のエリトリア事件が起きたときにだれが魚雷を躱《かわ》しながら癌病船を進めますか」

ハリソンの声が高くなっていた。

「あなたにはわかっていない。いったいどこの船長が少女を救おうとして鮫の海に身を躍らせますか。癌病船に必要な船長はたんに航海ができさえすればよいという船長ではないのです。ひとのいのちを守る気概のある船長が、必要なのです。あなたは、わたしに、人間のいのちの尊さを教えた。それとも、夕雨子を救ったのは同国人だからだとでもいうおつもりですか」

「………」

「故リチャード・スコットは、あなたの人間性を見抜いたからこそ、癌病船船長に要請したのです。わたしは、リチャードの眼力のたしかだったことを思い知りました。現在、当癌病船には約八百名の患者がいます。その患者たちがたよりにしているのは何だと思うのです。医師団ですか。機器類ですか。ちがう。あなたです。あなたはシンガポールで誘拐された鄭志高《チョン・チ・カオ》と看護婦のポーリン・ルセを、いのち賭けで救った。そのとき、患者たちは立ち上がった。立ち上がって島に押しかけた。かれらは船長《キャプテン》を殺させるなと叫んだのです。いつでも、いのちを賭《と》して癌病船を守り、自分たちを守ってくれる船長を殺させるなと、叫んで、立ち上がったのです。あなたはそのひとびとの縋《すが》る気持ちを、振り捨てるつもりですか」

「…………」

白鳥は黙っていた。

「もう、癌病船は守りたくないと、いうのですか」

「そういうわけでは……」

「あなたが去り、わたしが去り、そうやってひとびとが去ったあとの癌病船を、考えて、いただきたい」

ハリソンの双眸《そうぼう》に光るものがあった。

「あなたは、バルセロナで去る。そのあとで、夕雨子は死ぬ。あなたには夕雨子の死を見守る責任がある。夕雨子だけではない。全患者のいのちを見守る責任があります。そうでなくては癌病船船長とはいえない。癌病船の全責任を負っているのはあなただ！　わたしではない」

ハリソンの声が、ふるえた。

白鳥を去らせるわけにはいかない。そんなことは絶対にさせられない。白鳥鉄善があってはじめて癌病船は戦いの海に突き進めるのだ。リチャードはそのことを見抜いていた。船乗りのリチャードには癌病船の遭遇するであろう未来図がみえたのだ。だからこそ、船長は白鳥鉄善でなければならないといい遺した。

――絶対に、下船はさせない。

ハリソンはその覚悟を決めた。

白鳥を失った癌病船は幽霊船にひとしい。

何もなければいい。何かがあったときに白鳥がいなければ癌病船は世界の物笑いの種になりかねない。人間にいのちがあるように、船にもいのちがある。癌病船のいのちは白鳥鉄善だ。就航したばかりの前途多難なこのときに癌病船のいのちを奪うような真似は、させられない。

「返答は？　キャプテン」

「わかったよ、ハリソン」

ハリソンの泪《なみだ》をみては、そういわざるを得なかった。

「二度と、そのことは口にしないでいただきたい」

ハリソンは、グラスを把《と》った。

「北斗号は未明出港だ。ひさしぶりに、陸に上がるか」

白鳥は、立った。窓辺に寄って、ポートエリザベスの街をみた。

さっきとはちがった風景に、白い街はみえた。

ハリソンが、傍《そば》に並んで立った。

3

ラザール人民共和国。

首都セルパの中心地にセルパ王宮がある。

永年にわたってラザールを支配した凶猛《きょうもう》な王、ルサカ三世の築いた、華美をきわめた王宮であった。

その地下牢にルサカ三世は投獄されていた。とらわれて一カ月とすこしになる。

裁判がはじまったばかりだった。

ルサカ三世を裁判にかけることはない。即刻、人民の前で首を切り落とすべきだと国民は強く主張していた。ルサカ三世の凶猛ぶりは鬼畜の所業を上回っていた。人間の生胆《いきぎも》を貪《むさぼ》り喰っていたことが新国家によって暴露されていたのだった。

だが、人民議会議長、ルンダ・ビエは、その要求を退《しりぞ》けた。あらたに制定した憲法に、何者といえども公正な裁判によらずしていのちを奪われることはないと、明記してある。裁判は民主主義の基本原理である。ふたたび独裁政治、暗黒政治に戻らないためにも、ルサカ三世を裁判にかけるべきだと主張した。

ルサカ三世は独房の壁にもたれていた。

手足が腫《む》んでいる。貌《かお》も腫《は》れて重い。皮膚はたくましいほどに黒光りしていたのが、いまは、黄ばんでいる。食欲もない。動くのが億劫《おっくう》になっていた。

もう長くはないことを、ルサカ三世は悟っていた。一カ月かそこらに、死期が迫っている。裁判結審までは、もつまい。そのほうがよい。ルンダ・ビエの無念の貌が思われる。ルンダ・ビエは西洋かぶれだ。ソビエトの援助で革命に成功したが、ルンダ・ビエの心にあるのは、イギリスだ。イギリスにかぶれてしまっている。

——殺しておくのだった。

五年ほど前に近衛兵がルンダ・ビエをとらえたことがあった。そのときに腹を裂いて生胆を喰っておけばよかったとの後悔がある。どうして釈放したのかがわからない。腹が減っていなかったのかもしれないと、ぼんやりと、ルサカ三世は思っていた。

——もう、よい。

ルサカ三世は、目を閉じた。

長い戦いをしてきた。

その過去もしかし、いまでは懈怠《けたい》な思いとしてしか浮かばない。

第二次世界大戦後にアフリカ全土に独立が流行した。リビア、スーダン、モロッコ、チュニジアと、ころころと玉を転《ころ》がすように各国が独立した。

ラザールにもおくればせながらラザール人民解放戦線ができた。

その頃はよかったと、ルサカ三世は思う。

ラザールはルサカ一族の王国だが、宗主国がいた。ポルトガルだ。ポルトガルがルサカ三世を支えた。人民戦線との戦いにはポルトガルが白人傭兵《ようへい》を送り込んできた。ルサカ三世の近衛兵も強い。無造作に何万人も殺した。連戦連勝だった。

まずくなったのは、ポルトガルのリスボンで軍部のクーデターが起きてからだ。ルサカ王国は見捨てられた。白人傭兵も新しい働き先を求めてラザールを去った。

それでも、ルサカ三世は頑張った。

ルンダ・ビエが、ソビエトの援助を取りつけるまではである。

ソビエトのミグや戦車にはかなわなかった。

ルサカ三世は隣国、コンゴに、亡命した。

そして、コンゴの後押しで巻き返しに出た。

それが七カ月前である。ルサカ三世は自ら打って出た。ラザールは自分のものである。人民もすべて自分の財産である。取り戻して、新政府に迎合した者どもを片端から火焙《ひあぶ》りの刑にしてやると、意気盛んであった。

しかし、四カ月で敗れた。

敗れた上に、ルサカ三世は捕虜になってしまった。

そして、いまは、獄舎で死を待っている。

昔はよかった——ぼんやりと、ルサカ三世は往時をみていた。女はすべて、自分のものだった。娘でも人妻でもうむをいわせずに王宮に引きずり込んで、つらぬいた。

白人女を買って、奴隷にもした。あまり思い残すことはないような気がする。

アブドーラ・オマリが、セルパ王宮に近づいたのは、昼過ぎであった。もと、ルサカ三世の親衛隊長のオマリは、王宮を知り尽くしている。

地下牢は王宮の北側から入るようになっている。オマリは無造作に入り口に近づいた。二人の武装兵が立っている。オマリは隠し持っていた消音拳銃で二人を射殺した。鍵を奪って鉄扉《てつび》を開け、中に死体を引きずり込んだ。

牢獄に通じる詰所にオマリは入った。武装兵から奪ったソビエト製のAK四七自動銃で五人の看守兵を薙《な》ぎ倒した。

「陛下」

呼ばれてルサカ三世は、薄目を開けた。

それをみて、オマリは、胸の塞《ふさ》がる思いがした。死人のようにみえた。病状が悪化していることは知っていた。だが、これほどとは思わなかった。

「オマリか、来てくれたのか。戦争は、勝ったのか」

「早く、陛下」

オマリは、ルサカ三世を抱えた。

「どこに行くのだ」

「空軍基地です。部下が基地を襲撃して、ミグ戦闘機を奪う手筈《てはず》になっています。ミグを操縦できますか、陛下」

無理かもしれないと、オマリは思った。

「できるぞ、オマリ。ミグで、ルンダ・ビエの野郎を、襲ってやるか」

「陛下」

オマリは焦った。ルサカ三世はぼけていた。救出作戦は失敗するかもしれないとおびえが湧いた。ミグを奪っても肝腎《かんじん》のルサカ三世が操縦できなくてはどうにもならない。オマリは七人の部下を連れてきていた。オマリと部下は死ぬ覚悟はしていた。ルサカ三世さえミグで脱出させれば、それでよい。

牢獄を出て、監視隊のジープにルサカ三世を連れ込んだ。

セルパ王宮を走り出た。

「ミグで、どこに行くのだ。コンゴか」

ルサカ三世にもようやく情況が呑《の》み込めた。

「コンゴは、だめです！」

「なぜだ」

「ミグを奪ってコンゴに逃げ込んだのでは、戦争になります」

「それなら、どこに行けばよい」

「癌病船です。セルパ港沖合い四十カイリのところを癌病船がバルセロナに向けて航行中です。陛下はミグで癌病船に向かうのです」

オマリの樹《た》てた計画はそれであった。

コンゴにもザイールにもその他のどこにも逃げ込めない。着陸を拒否される。ラザール人民共和国はソビエトと安全保障条約を結んでいる。落ちぶれはてたルサカ三世のためにラザールとことを構える国は、アフリカにはない。

オマリは癌病船に焦点を合わせた。

ルサカ三世の肝臓は悪化している。裁判に堪えられるかどうかわからないと、政府は発表していた。それなら、癌病船はルサカ三世を収容する名目が立つ。実際に死にかけてもいる。癌病船はアメリカ国籍で国連の機関であるＷＨＯに所属している。いくらルンダ・ビエでも、癌病船までは攻撃しない。

癌病船からコンゴかザイールに亡命するのなら、問題はない。

癌病船を利用する以外に、ルサカ三世がラザールを出ることは不可能であった。

オマリは、癌病船の説明をした。

「そうか……」

ルサカ三世は、そう答えただけであった。

黄ばんだうつろな目で前方をみつめていた。

計画を遂行《すいこう》するしかないと、オマリは肚《はら》を決めた。ルサカ三世をミグで送り出す。あとはルサカ三世の好きにさせるしかない。飛び立ってすぐにどこかに突っ込むかもしれない。それでも、牢獄で死なすよりはよい。

横暴をきわめたルサカ三世だが、それでもラザールの王であることには変わりはない。二百年近くもつづいたルサカ王家だった。オマリをはじめとする親衛隊も代々、世襲制で王家に仕えてきたのだった。

腫《むく》んで、ぼけた横顔をみるのは、つらかった。

空軍基地はセルパ王宮から二キロのところにある。空軍基地といっても保有するミグ戦闘機は一機しかない。戦術ヘリコプターが二機ある。本来の空軍基地はラザール南部のラククにある。そこには四機のミグ戦闘機が待機している。

迅速《じんそく》にことを運ばなければラククからミグが飛来する。ミサイルで粉砕されるのは目にみえている。唯一の救いは、ラザール人民共和国は完全な縦の社会構成だということであった。上官の命令がなければ軍隊は動かない。上官はその上官、そして最終的にはルンダ・ビエの支配する議会の承認を必要とすることだ。

ミグを発進させさえすれば、癌病船まではものの二、三分とかからない。

ルサカ三世に運があれば、癌病船に収容される。なければ、自爆するか、撃墜《げきつい》されるかだ。

基地に一キロのところで、オマリは無線のマイクを把った。

襲撃の暗号指令を出した。

ジープのアクセルを踏み込んだ。

基地に着いたときには、襲撃は終わっていた。

守備兵は一個小隊しかいない。ふいを衝《つ》いての手榴弾《しゅりゅうだん》攻撃で全滅させていた。

ミグ21が滑走路に引き出されている。オマリはジープを突っ走らせた。

「陛下、早く！」

オマリはルサカ三世を機に押し上げた。

「癌病船です！　セルパ港沖四十カイリ！　忘れるではありませんぞ、陛下！」

オマリは耳に口をつけて、叫んだ。

ルサカ三世はうなずいて、コクピットに消えた。

ミグ戦闘機はゆっくり動きはじめた。

「逃げるんだ！」オマリは部下に叫んだ。「計画どおりに散れ！」

オマリはきびすを返した。走った。そのオマリを叩きつけるようなミグの轟音《ごうおん》が襲った。走りながらオマリは首を回してみた。ミグは空に突き刺すように機首を上げていた。爆風がオマリを叩いた。

陛下——走りながらオマリは胸中で叫んだ。お達者で、陛下！

ミグは空に昇っていた。どこへ行ってよいのかわからないように、天高くを目指していた。青空のかなたの宇宙にルサカ三世は消え去るのではあるまいかと、オマリは思った。

ミグは小さな点になっていた。

4

北斗号は赤道に向かっていた。

ガボン沖四十五カイリを三十五ノットの快速で航行中であった。

白鳥鉄善はブリッジにつづくサン・デッキにいた。大月夕雨子と担当看護婦の宮地里子が一緒だった。

勁《つよ》い陽射《ひざ》しが夕雨子を染めている。

飲みものを取ってあるが、夕雨子は手をつけようとしない。無言で海を観《み》ていた。

救《たす》けられて以来、夕雨子はだれにも口をきかなかった。宮地里子の話しかけには、はいとかいいえとか答えるが、それだけであった。自らの意思表示はなかった。

石根利秋の死は伏せてあった。

石根は手術をした。とうぶんは集中治療室から出られないといってあった。

陽に染まった夕雨子の貌には眉がない。眉も放射線照射で抜け落ちていた。頭はベレー帽で隠してある。しかし、眉は隠しようがなかった。痩せが目立つ。瞳ばかりが大きくなっていた。そして、瞳だけは、澄んでいた。

白鳥は、夕雨子の死を見守る決心ができていた。死は避けがたい。夕雨子はそれを知っている。泣いても、どうにもならない。死の魔手が自分を摑みに来るのを待っている。少女の夕雨子が発狂もせずにそのさだめを待っているのだ。白鳥が逃げるわけにはいかない。白鳥もまた、死と対決しようと肚《はら》を決めていた。

白鳥は暇さえあれば、夕雨子を訪れた。少女の胸を占めている死の影をほんのいっときでも忘れさせることができたらと、それを願った。いちどでもいい、笑顔をみたかった。

だが、夕雨子は笑わなかった。

つねに、遠い空間をみつめていた。

死期が迫ると人間はまぼろしをみるという。巨大で黒々とした鷲《わし》の姿をみる者がある。一面の桃の花の畑をみるものがある。人によってさまざまな幻影をみるという。たいていは色がついた光景だという。

夕雨子は空間にそういうまぼろしをみているのかもしれないと思った。

夕雨子は透明になろうとしている。

透明にならなければ心のおびえを押えられない少女の胸中が、むごくて、いたわしかった。

癌もいい、病気もいい、だが、幼児や、少年や少女だけは、見逃《みのが》してもらえないものかと、白鳥は思った。

爆音がきこえた。

白鳥は機影を捜した。

雲一つない濃紺の空だった。爆音は東の高い空にあった。ジェット音であった。しだいに大きくなっている。

じきに、白鳥は濃紺の空の一画に機影をみた。小さな黒点がそれだった。黒点は急速に大きくなっていた。高い空から急降下している。癌病船に向かっていた。

「夕雨子を病室へ！」

異変を、白鳥は感じた。

明らかに、機は北斗号を目指していた。

白鳥はブリッジに走り上がった。

「自動航行《オートパイロット》解除！」

白鳥は叫んだ。

「緊急通信！　沿岸国ラザール空軍からです！」

通信室からの叫びがインターホンに入った。

「ミグ21戦闘爆撃機が奪われ――」

「ミグ異常接近！」

監視中の操舵手《コーターマスター》の悲鳴がブリッジを切った。

「右舷《ハード・スターボード》一杯！　機関全開《セットフル》！」

白鳥は顔色を失っていた。

ミグ21、通称フィッシュベッドが真一文字に右舷に襲いかかっている。

「呼びかけに応答ありません！」

ブリッジの無線係が、悲鳴を放った。

北斗号が号《な》いた。海に軋《きし》みをたてて三十五度の転回をした。その北斗号に轟音が襲いかかって、フィッシュベッドが、擦過《さっか》した。

擦過したフィッシュベッドは急上昇に移っていた。そのフィッシュベッドから何かが空間に飛び出た。

白鳥は凝視していた。パイロットが自動脱出装置《カタパルト》で脱出したのだった。黒い小さな塊《かたまり》は放物線を描いて落ちている。巨大なミグは主を失ってなお上昇している。

息を殺して見守った。

ミグは急速に機首を下げていた。上昇力を失っている。機が右斜めにかしいだ。そのままの姿勢で海に向かって突っ込んだ。巨大な水柱が立って、爆音が喰い千切られたように消えた。

パラシュートが開いて、ゆっくり落ちている。

「ヘリで救助せよ」

白鳥は、そう命じて、通信室を呼び出した。

「一等通信士、ラザール国に連絡をとれ。何が起こったのか、詳細に訊《き》け」

ただごとではあるまいと、白鳥は思った。

ラザール人民共和国は数年前に誕生したばかりだ。ソビエトの勢力圏にある。厄介《やっかい》なことにならねばよいがと、眉をひそめた。

北斗号は左回転して、海に落ちたパラシュートに向かっていた。

無線機からの連絡は北斗号が停船したときにあった。

ミグを強奪したのは反国家組織で、ミグで脱出したのは前国王ルサカ三世、裁判中の囚人だとのことであった。極悪非道の男だという。収容したらただちに引き渡されたいと、ラザール人民共和国人民議会議長、ルンダ・ビエの名での申し入れであった。

返答は保留しておくように、白鳥は指示した。

救助が先決であった。

ヘリが、ルサカ三世救助に向かった。

白鳥はブリッジからみていた。

「キャプテン」無線室からのインターホンが呼んだ。「ルサカ三世救出国民会議議長、アブドーラ・オマリなる男からの要請です」

「どういう要請だ」

「ルサカ三世は悪性の肝炎に冒されている。癌病船に収容されなければいのちがない。ラザール政府が監獄にぶち込んでルサカ三世に肝炎を植えつけた。非人道きわまるラザール政府だ。われわれ国民会議は癌病船がルサカ三世の肝炎を治療した上で、ルサカ三世の希望する国に亡命させることを、強く要求する——そういっています」

「ラザール政府から、即刻、ルサカ三世を引き渡さなければ不幸な状態になると警告してきています」

「そうか」

「わかった。ラザール人民共和国には後刻返答すると伝えておけ」

窓辺に寄った。

ルサカ三世はヘリに引き揚げられていた。

「病院長に、待機していてほしいと伝えろ」

傍の一等航海士、竹波豪一に命じた。

ヘリは帰船している。

見守る白鳥の表情が暗かった。

「現在位置で、停船」

ことばすくなに命じて、白鳥はブリッジを出た。

ルサカ三世はFデッキの第二内科室に収容されていた。

白鳥はインフォメーション・カウンター傍のソファに体を埋めて待った。

カウンターに詰めている看護婦の一人が白鳥をみて、コーヒーを持ってきてくれた。

飲みながら、待った。

十数分でゲリー・ハリソンがやってきた。

「わたしにも、コーヒーをくれないか」

ハリソンは向かいに掛けた。

「どんな具合だ」

「重態だ。肝性昏睡《かんせいこんすい》に陥った。あれでミグが操縦できたとは、信じられない」

「それで……」

「人工補助肝臓にかけるしかない。たすかるかどうかは、わからないがね」

「動かすことは？」

「不可能だな」

ハリソンは、首を振った。

「ラザール人民共和国から、即刻、引き渡せと、重ねて警告してきている」

「渡さなくても死ぬかもしれないが、渡したら、確実に死ぬ」

「そうか……」

白鳥は、黙った。

渡す必要はなかった。北斗号は公海上でルサカ三世を収容した。公海上では船長にすべての権限がある。ラザール国の法律は北斗号には通じない。このまま航行をつづけてもよい。いや、つづけるべきだ。公海上では船舶は一つの独立した国家である。国際法である旗国法では、公海上にある船舶は所属する国の領土の一部とみなされている。癌病船はアメリカ国籍だ。

ルサカ三世はアメリカに上陸したにひとしい。そのアメリカは亡命を認めている。本国に帰したら殺されるおそれのある人間には亡命を認めることが基本原則になっている。

航海をつづけて、もし、ルサカ三世が治癒すれば希望国に亡命の手続きをとらねばならない。

白鳥は、重い吐息をついた。

ハリソンをみた。

ハリソンは黙っていた。いうべきことばがない。ルサカ三世は重態だ。動かしたら、死ぬ。医師としては許可は出せない。北斗号は船である前に病院でもある。病院の責任はハリソンにある。いったん収容した患者には医師は責任を持たねばならない。昏睡にある患者には、なおさらであった。

癌病船が公海上にあることは、ハリソンも承知している。

だが、ルサカ三世の暴虐ぶりも知っている。人間の生胆を喰うことで有名になった男だ。国家と国民を私物化してきた男だ。いってみれば、人間に対する反逆の罪を犯すことで生きてきた黒い独裁者だ。

ラザール政府は重ねて警告してきているという。

ハリソンには、いうべきことばがなかった。

白鳥は、立った。

インフォメーション・カウンターに寄って、通信室を呼び出した。

「船長だ。ラザール人民共和国に伝えろ。ルサカ三世は肝性昏睡にかかっている。引き渡しは不可能だ。確認のための医師団受け容《い》れ用意がある。そう伝えろ」

そういうしか、白鳥には、すべがなかった。

カウンターの中から白鳥をみつめている白人看護婦の乳が、目についた。豊満な乳だと思った。しばらく、その乳をみていた。

きびすを返した。

「しかたが、あるまい」

ハリソンに向かって、白鳥は、ことばを落とした。

ハリソンは、何もいわなかった。

白鳥はハリソンと別れてエレベーターホールに向かった。

白鳥の前を三人の看護婦が歩いていた。その一人が白鳥に挨拶した。ポーリン・ルセだった。白鳥はポーリンの尻をみた。きれいに盛り上がった尻だった。シンガポールの無人島での光景が甦《よみがえ》った。ポーリンは男たちに真白い尻を差し出していた。

ふっと、目まいに似たものをおぼえた。

なぜ、急に女が目につくのか、白鳥にはわからなかった。

ブリッジに戻った白鳥を、無線室が待っていた。

「ルサカ三世の病状を確認したい。ついては、癌病船にセルパ港寄港を願いたいと、人民議会議長、ルンダ・ビエ名での丁重な要請です」

了解したと伝えるようにと、白鳥は命じた。

「前進《ゴー・アヘッド》」

竹波に命じて、窓辺に立った。

濃紺の空と濃紺の海がある。

そこにも、ポーリンの白い尻がかかっていた。

5

北斗号はセルパ港に入った。

セルパ港はガボン領のロペス岬がギニア湾に鉤鼻《かぎばな》のように突き出したその内側にある。

プリンシペ島、サントメ島、ピガル島などがセルパ港を守るように沖合いに点在している。良港であった。そして、巨大だ。

セルパ港は商港であるとともに軍港でもあった。

ルサカ三世に戦いを挑んだ革命軍は二度目の戦いのときに、セルパ港を押えた。海軍にルサカ三世を裏切らせて、砲を首都セルパに向けたのである。

ラザールは面積約百三十万平方キロ。人口七百五十万。その国土の大半は赤道直下のジャングルと砂漠に覆《おお》われている。国民は海岸沿いにわずかにある平野部に集まり住んでいた。それだけに、海からの敵には弱い。

ルサカ三世は海軍に裏切られて、国を捨てたのだった。

北斗号は中央埠頭《ふとう》に接舷した。

埠頭にはラザール人民議会から派遣された調査団が数人の医師を従えて待ち受けていた。

調査団長は副議長のサヒド・アルウであった。

白鳥鉄善は一行をDデッキの第一応接室に招いた。寄港国の元首その他を招待するための特別室であった。

団長のサヒド・アルウはサングラスをかけていた。それさえのぞけば、温厚な感じの男だった。四十なかばにみえた。アルウには英語が通じた。白鳥はルサカ三世を収容した状況を説明した。

つづいて、病院長、ゲリー・ハリソンがルサカ三世の病状を説明した。

アルウは癌病船に迷惑をかけたことを最初に詫《わ》びた。

「ご存じのとおり、ルサカ三世はわが国最大の恥部です。凶猛そのものの、野蛮人です。人間の性《さが》というものを持ち合わせていません。国民の敵というよりも人類そのものの敵です。われわれは、ルサカ三世を裁かねばなりません。人類の名において、かれが犯した数々の罪状を明らかにしなければならないのです。ルサカ三世に亡命を許可する国はありません。また、亡命させるべきでもありません。わが国の医師が診《み》て、引き取りが可能なら、ただちに引き取りたいと思います。癌病船は世界の希望の灯です。極悪非道のルサカ三世のために迷惑はかけられません」

口調に昂《たかぶ》りはなかった。たんたんと、アルウは述べた。

「それでは」

調査団員が紅茶を飲み終えるのを待って、ハリソンが腰を上げた。

ルサカ三世はFデッキの第二内科治療室に収容されている。

一行をそこに案内した。

ルサカ三世の治療には肝臓病の権威である加瀬健三が当たっていた。

ルサカ三世にはIC機器を使用している。人工肝臓筒、血液ポンプ、抗凝固液注入ポンプ、輸液セット、血液回路、各種のモニターメータなどからなる機器を身につけて、ルサカ三世はベッドに固定されていた。

人工肝臓筒とは、ポリマーの薄い膜で包んだ活性炭に血液中の毒素を吸着させる装置を組み込んだステンレス筒のことである。

肝臓の持つ合成機能と解毒《げどく》機能のうちの解毒機能を機械に代替《だいたい》させようというのだ。

ルサカ三世の左腕から引き出した静脈を人工肝臓筒につなぐ。静脈からきた血液を浄化するのだ。一回の治療に約三時間はかかる。

ルサカ三世の昏睡状態はつづいている。血圧表示盤に極度に弱々しい光点があらわれている。血圧は最低線にあった。

脳波計表示盤にも顕著な異常が出ている。

なかば、死人であった。

調査団の医師は四人いた。四人とも、一言も喋らなかった。だれも発言しない。説明する加瀬の低い声だけが病室にある。

十分足らずで、調査団は病室を出た。

Dデッキ、第一応接室に戻った。

調査団だけで話し合って結論を出したいという。

癌病船側は外に出た。

結論が出たのは三十分ほどのちであった。

明朝、もういちど容態《ようだい》をみたいという。

白鳥とハリソンが話し合って、了解した。

バルセロナ癌撲滅会議はバルセロナ港入港五日後に開催されることになっていた。

入港後の準備はあるにしても、一、二日の余裕はないではない。

アルウは癌病船の好意に礼を述べて、引き揚げた。

終始、折り目は正しかった。

ただし、白鳥はその折り目の正しさに安心をしたわけではなかった。

――どう出るか。

その思いがある。

その思いは一時間後に微塵《みじん》に砕け散った。

突如、ラザール海軍がセルパ港を封鎖したのである。機雷つきの防潜網《ぼうせんもう》を張りめぐらしたのだった。

白鳥はそれをみて、激怒した。

ラザール人民共和国に厳重抗議を申し込んだ。

同時に、隣国ザイール駐在のアメリカ大使に連絡をとった。ラザールにはアメリカ大使は常駐してはいない。ザイール駐在大使がカバーしているのだった。

癌病船捕獲に愕然《がくぜん》となったアメリカ大使、ニール・ウィルキンソンは航空機をチャーターしてラザールに向かった。

癌病船には、人民議会議長、ルンダ・ビエの名で口頭による釈明が届いた。

予防措置を取ったとの釈明だった。

ルサカ三世には回復の可能性がある。昏睡から覚《さ》めしだいに引き渡されたい。あとはわが国の医療施設が面倒をみる。引き渡して貴船は出港されたいと、そういってきた。

「なんという、無法なことを……」

白鳥は、ことばを失った。

国際法では、戦時においてたとえ交戦国の船であろうと病院船を攻撃、捕獲することは、許されない。この横暴をなんといったらよいのか、ことばがない。

リチャード・スコット記念財団本部に、WHOジュネーブ本部に、白鳥は、連絡をとった。

十二月一日、午後三時であった。

午後三時二十分。

北回帰線付近を遊弋《ゆうよく》していた、米大西洋艦隊所属の巡洋艦ベインブリッジならびにカリフォルニアの二隻に艦隊司令からラザール沖展開の指令が発せられた。

午後八時。

駐ザイール大使、ニール・ウィルキンソンが癌病船を訪ねてきた。

白鳥とハリソンが迎えた。

「ルサカ三世は、どうです」

ウィルキンソンは巨漢だった。麻の白い背広が汗に濡れている。それを脱ぎ捨てた。

「頑丈ないのちです。どうやら、生き返る模様です」

ハリソンが答えた。

「人間の生胆を喰ったせいだ、そいつは」

ウィルキンソンは笑った。その笑いが、暗い。

「ルンダ・ビエに、会ってきた。やつは真剣だ。ルサカ三世が死ぬならしかたがない。だが、癌病船なら、ルサカ三世を蘇《よみがえ》らせるはずだ。そうなったら即刻、渡してもらいたい。渡さないかぎり、癌病船は絶対に出国させないといっている。やつは、母をルサカ三世に喰われている。数年前に近衛兵に連行されたきりになっているのだ。ルサカ三世にどうにもならないほどの執念を燃やしている。復讐《ふくしゅう》の執念だ。ま、それは、やつだけではない。ラザールの国民はほとんどがルサカ三世を憎悪している。癌病船はとてつもないものを拾ったわけだ」

ウィルキンソンは紅茶を一口に飲み干した。

「どうしたら、いいと思います?」

白鳥が訊いた。

「アメリカは弱い。最近のアメリカは死にかけた巨象だ。ジャッカルに咬《か》みつかれ、肉をもぎとられても、ただ哀しそうな目でみているだけだ。追い払う力がない。踏みつぶす力がない」

大きな声で、忙しそうに喋《しゃべ》った。

「ルンダ・ビエのやつには、厳重抗議をした。しかし、やつは小賢《こざか》しいジャッカルだ。アメリカが弱いことを見抜いておる」

ウィルキンソンにはアメリカの弱さが腹だたしい。昔なら砲艦を並べてちぢみ上がらせたのだ。いまは、口で抗議するだけである。

「ルサカ三世を放り出すしかあるまいな」

「放り出す？」

「そのほかに、どんな方法があると思うかね」

ウィルキンソンは、白鳥に視線を向けた。

「わからない」

「それとも、生胆喰いを、殺すか」

「まさか」

「しかし、それも一案だぞ」

ウィルキンソンは真顔になった。

「大使」

「いや、待ってくれ」

大使と呼びかけたハリソンを、ウィルキンソンは押えた。

「ルサカ三世は生きるに値しない男だ。何も、たのまれたわけでもないのに、治療をすることはあるまい」

機器を外《はず》せばいい。それでルサカ三世は死ぬ。死ねば癌病船の名誉は保たれる。確実に殺されるとわかっている亡命希望者を当事国に引き渡したという人道上の不評を受けずに済む。

ルンダ・ビエも、諦《あきら》める。

ルンダ・ビエは癌病船がルサカ三世を引き渡さないであろうと見抜いている。ために、甘言をもって癌病船をセルパ港に寄港させ、防潜網を張って、閉じこめたのだ。

ルサカ三世を奪うために敵は牢獄と空港基地で四十人近い兵隊を殺している。その上、虎の仔のミグを奪われてルサカ三世に脱出されている。ルサカ三世が救かり、どこかに亡命でもされたら、ルンダ・ビエの政治生命が絶たれかねない。

癌病船を捕獲しても、弱いアメリカが介入してくるわけはない。それを読んで、ルンダ・ビエは賭《かけ》に出たのだ。

セルパ港は、ラザール随一の重要港だ。軍港であるばかりでなく、ラザールを支える産物である鉄、原油、ダイヤモンド、コーヒー、綿花、トウモロコシ、砂糖、タバコ、そして水産加工品などの積出し港でもある。

機雷つきの防潜網で封鎖すれば商船の入出港が不可能になる。もし、長引けば経済活動に打撃を与える。入港している各国船舶への補償も持ちあがる。

それらを覚悟の上で、ルンダ・ビエは、港湾封鎖を断行したのだった。

ルサカ三世が死なないかぎり、そして癌病船が面目を捨ててルンダ・ビエにルサカ三世を引き渡さないかぎり、ルンダ・ビエは、妥協はしない。

もっとも簡明な解決は、ルサカ三世につないである機器を外すことだ。

それを、ウィルキンソンは説いた。

「どうかね、ドクター」

説いて、ハリソンに訊いた。

「ルサカ三世を治療しているのではない」

わずかだが、ハリソンの声は尖《とが》っていた。

「わたしは、病気の治療をしているのだ。あの人間なら救けてよい、この人間なら殺してよいというのは、やめていただきたい」

「そういうだろうとは、思っていた。しかし、では、どう解決するつもりですか。ルサカ三世は回復する。引き渡すかね」

「………」

「引き渡さないかぎり、絶対に癌病船は出港できない。それだけではない。ルンダ・ビエの軍隊が癌病船に乗り込んでルサカ三世を奪い去る危険もある」

ウィルキンソンは、白鳥とハリソンを等分にみた。

加瀬健三が入ってきた。

「ルサカ三世の意識が回復しました。とうぶんは人工肝臓を必要としますが、危険は去りました」

加瀬は、腰を下ろした。

「担当医であるあなたの意見を、きかせていただこう」

ウィルキンソンは、状況を説明して、ルサカ三世を殺すべきか、ルンダ・ビエに引き渡すべきかの意見を、訊いた。

「冗談じゃない」

五十近い加瀬であった。するどい目つきをしている。口調は、憤《いきどお》っていた。

「わたしは、人のいのちを救けるためにこれまで生きてきた。殺すために生きてきたのではない。たとえ相手が何者であろうと、わたしは、患者を殺すような真似はしない。これは船長の決定する問題ですが、担当医のわたしとしては、ルサカ三世をラザール国に引き渡すことには、絶対に反対です」

加瀬は、いい切った。

ラザールに渡して絞首刑にさせるためにルサカ三世を蘇《よみがえ》らせたのでは、なかった。

「いっておくが、わがアメリカは、弱い。ラザールはソビエトと安全保障条約を結んでいる。おそらくアメリカの外交を通じての圧力はなんの効果も生むまい。国際世論もルンダ・ビエには通じまい。結局、解決は、癌病船に任せられることになろう。もちろん、わたしも、ルンダ・ビエとの接触はつづける。しかし……」

しかし、無駄であろうと、ウィルキンソンにはわかっていた。王の独裁者なら話し合いがつく。人民革命を標榜《ひょうぼう》する独裁者には、話し合いはつかない。ルサカ三世を機器から外さないかぎり、癌病船の苦悩は去らない。いずれ、ルサカ三世を奪われて傷ついた姿での出港を余儀なくさせられる。

沈黙が訪れた。

6

午後十時。

白鳥鉄善は船長公室で三人のカーペンターと向かい合っていた。

「決断は、わたしにゆだねられている。ルサカ三世をラザールに引き渡すか、脱出させるかだ。そのどちらかを選ばねばならない」

テーブルにウィスキーが出ていた。

白鳥はウィスキーには手をつけなかった。注いだままのグラスに、白鳥は、視線を落とした。

「意見があれば、きかせてくれないか」

声が重い。

「あなたしだいです」

関根が答えた。

「そうか……」

「われわれは小さな個々の問題にしか、かかわりません。大きな判断は苦手です。ラザール人民共和国を相手に闘ってほしいという要請なら、引き受けます」

苦悩を刻みこんだ白鳥の貌を、関根はみつめた。関根個人の感情からいえば、ルサカ三世を引き渡すべきだと思う。凶猛な独裁者だったという。国民に殺されてとうぜんだという気がする。

だが、白鳥にはルサカ三世は渡せない。渡さないほうが正しい。その正しい判断に従えば、癌病船は危機に立つことになる。癌患者八百人、病院関係、乗組員その他を併《あわ》せて二千六百人の人間が癌病船には乗っている。まさかそれらのひとびとに危害のおよぶことはあるまいが、癌病船そのものは航行の自由を失うおそれがある。

平時において、しかもＷＨＯ所属の病院船を防潜機雷網で封鎖したルンダ・ビエの意志は、ただごとではない。人間の生胆を喰ったというルサカ三世と似た感覚の持主であった。

アメリカ大使のことばは正しい。病めるアメリカの威信は失墜している。ルンダ・ビエの暴挙はそこから来ている。

癌病船没収という非常事態になりかねない。

あるいは、白鳥をはじめとする高級船員、ゲリー・ハリソンをはじめとする病院関係者の逮捕、裁判という最悪の事態にもなりかねない。

白鳥の苦悩はそこにある。

「わたしは、ルサカ三世を脱出させようと思う」

グラスを把《と》ったが、白鳥は口には運ばなかった。

船長公室は広い。マホガニー張りの装飾にシャンデリアの淡い光が調和を保っている。その調和が、いまは、重く、暗くみえる。

「この国の領海外《はず》れに、米大西洋艦隊所属の巡洋艦ベインブリッジおよびカリフォルニアが展開している。しきりに、状況を問い合わせて来ている」

ゆっくり、一語一語をたしかめるように、白鳥はつづけた。

「ルサカ三世を、ヘリで巡洋艦に移そうと、わたしは思う。担当の加瀬ドクターをつける。もちろん、人工肝臓もだ。ハリソンには諒解《りょうかい》を得ている。アメリカ当局者はそれを希《のぞ》むまい。ルサカ三世を引き渡すほうを希む。駐ザイール、アメリカ大使のことばがそれを代弁している。ルサカ三世を庇《かば》ったところで国益にはならない。どころか、国益を損《そこ》ねる」

白鳥は依然として、ウィスキーには口をつけない。

「しかし、だからといって、ルサカ三世を引き渡せというのは、まちがいだ。国際法がある以上、それに従わねばならない。それに、国益に背《そむ》く、あるいはなんの利益も生まないというのなら、癌病船建造の意味がない。世界の海に航行させる意味がない。この船に収容している患者のだれか一人でもその所属の国家に国益をもたらすだろうか。国益で動いているのではない。癌病船に乗り組んで、わたしは、人間のいのちというものにはじめて出遇《であ》った。わたしは、ムヤンガ・イレーネや、石根利秋のいのちのたしかさをみた。わたしは、人間を殺させない。生きているもののいのちをそれがわたしにかかわるものであれば、わたしは、殺させない。そのためにはどんなことでもする。それが、いまの心境だ」

口につけないグラスを、小さな音をたてて置いた。

「ルンダ・ビエがどう出るか、わからない。きわめて危険なことになるかもしれない。受けて立つ覚悟が、わたしにはある。平時において、しかも病院船を防潜機雷網で封鎖するやりかたに、わたしは納得できない。これを黙っていたのでは、わたしは、海では生きられない。そこで、たのみがある。あなたがた三人は、ルサカ三世とともに北斗号を脱出してもらいたい」

「…………」

「非常事態が起こる懸念が、大だ。あなたがたは外部にいたほうが……」

「わかりました」

しまいまでいわせなかった。関根が、うなずいた。

関根は、白鳥の暗い目の中にあるものを読んだ。白鳥はルサカ三世のいのちに拘泥《こうでい》していているだけではなかった。白鳥はルンダ・ビエには屈しない、屈するわけにはいかないものを、目に溜めていた。

男の光であった。海にのみ棲《す》んできた男の信念が、ルンダ・ビエの無法に向けられていた。無法には一歩も退《ひ》かない信念が暗い光となって宿っていた。


午後十一時。

Bデッキのヘリポートにルサカ三世が運ばれた。

手配は完了していた。巡洋艦ベインブリッジと暗号連絡が交わされて、ベインブリッジはルサカ三世を収容することを諒承していた。

問題はラザール人民共和国の追跡機がどう出るかだった。

ラザール国の領海は十二カイリ。癌病船搭載ヘリは時速二百キロ。癌病船を飛び立ってベインブリッジに到着するのに、六、七分はかかる。その時間があれば、ラザール空軍のミグが緊急発進して接近する。

空対空ミサイルで攻撃してくるかどうか。

領海すれすれのところにベインブリッジとカリフォルニアが展開している。ミグがミサイル攻撃をかければ二隻の巡洋艦が黙ってはいまい。成り行きによっては艦対空ミサイルがいっせいにミグに襲いかかる危険がある。

ベインブリッジの艦長はその危険を押してルサカ三世を受け容れると通告してきた。その通告には駐ザイール、アメリカ大使のいった弱いアメリカへの憤懣《ふんまん》が含まれていた。

自国船舶保護出動である。病院船を防潜機雷網で封鎖したことにアメリカ大西洋艦隊は激怒しているのにちがいなかった。

白鳥はその数分間に賭けた。

ヘリには加瀬ドクター、関根、倉田、鳥居の四人が乗った。

パイロットはスティーブ・カーであった。カーはベトナム戦を潜《くぐ》ってきた経歴がある。

白鳥は見守った。

傍にゲリー・ハリソンが立っていた。

ヘリの始動音が闇を割《さ》いた。癌病船は室内をのぞいてすべての灯火を消してある。

ラザール人民共和国への抗議の意思表示であった。

その暗黒の癌病船からこれも無灯火のヘリが舞い上がった。ヘリは離船するなりパワーを上げた。矢のように海を擦過してたちまち防潜網の低い空を駆け抜けた。

その機影をベインブリッジ、カリフォルニア両艦がレーダーでとらえていた。

ヘリは超低空で海面すれすれに飛来している。迎えるベインブリッジ、カリフォルニア両艦の艦対空ミサイルは緊急発進して来るミグを待ち受けていた。対空砲もすべて夜空に向かっていた。大西洋艦隊司令からの攻撃命令が出ていた。警告を無視してヘリを攻撃した場合の撃墜命令である。

ラザール人民共和国が癌病船を封鎖した直後に、地中海の出口、ジブラルタル沖を北上中であったソビエト大西洋艦隊が急遽、南進に転じていた。

空母キエフをはじめとするミサイル巡洋艦モスクワ、レニングラード、ニコラエフなどの中核艦隊であった。

同海域にいたアメリカ大西洋艦隊空母ニミッツを含む主力艦隊も南下に移った。

その時点で、艦隊司令ブライアン・ブリッジス提督から北回帰線付近にいたベインブリッジおよびカリフォルニアにラザール沖展開命令が出たのだった。

ブリッジス提督はただちにラザール人民共和国に警告した。貴国は国際法を破っている。われわれはこの暴挙を黙視しない。癌病船の安全のためには武力行使も辞さない。その結果生じる責任はすべて貴国が負わねばならないと。

アメリカ国籍の癌病船を防潜機雷網で封鎖されてブリッジス提督は本気でラザールに砲を向ける覚悟であった。

ベインブリッジ艦長、ビル・グレーは万一の際にはミグを撃墜するつもりで夜空をみていた。

「フィッシュベッド発見！」

レーダー係が、告げた。

癌病船からヘリが飛び立って三分後である。レーダー係はラクク基地から緊急発進した二機のフィッシュベッドをとらえていた。ヘリは領海のなかばを越えている。

「警告を出せ。攻撃したら艦対空ミサイルを発射すると」

グレー少佐は、命じた。

ヘリに、フィッシュベッドからの攻撃通告が入った。

「ただちに機首を回せ。さもないとミサイルを叩き込む」

「叩き込んでみやがれ！　わが大西洋艦隊が黙っておらんぞ！」

パイロットのカーが、無線に向かって、わめいた。

「攻撃するぞ！」

「やってみろ！　バカミグ！」

カーがわめき返した。

「威勢がいいな」

関根がカーに笑いかけた。

「バカミグのヘナヘナミサイルなんぞにやられてたまるかってんだ」

カーはガムを噛んでいる。

「やられないで済むのか」

「ま、みてろ」

ベインブリッジからのミグへの警告がつづいている。

ヘリのレーダーが後方上空にミグをとらえている。

「ヘリコ！　ミサイルだ！」

ベインブリッジから叫びが入った。

同時にベインブリッジ、カリフォルニアの両艦からの対空砲火が闇を切り裂いた。

レーダーにミサイルが映っている。すぐそこに来ていた。

「フィッシュベッド、機首を回せ！　ミサイルを叩き込むぞ！」

その叫びが終わらないうちに、カーが何事かをわめいた。わめきながらヘリを急転回させた。にぶい音がして衝撃がヘリを襲った。ヘリの下部が海面を叩いたのだった。

レーダーに映っていたミサイルが、消えた。

「みやがれってんだ！」

「どうなったのだ、おい」

倉田が訊いた。

「ミサイルは、海の中さ」

大空でなら、追跡ミサイルを躱《かわ》すことはヘリにはできない。だが、ヘリは海面すれすれを飛翔《ひしょう》している。いちど躱したらミサイルは海に突っ込む。カーは勝ち誇っていた。

「みろよ、ミグの野郎が機首を返したぜ」

カーの指すレーダーにはミグの転進が映っていた。

「アメリカ艦隊が本気になりゃ、ラザールなんぞ、ひとひねりさ」

相変わらず、カーはガムを嚙んでいた。

7

午前零時二十分。

癌病船にラザール人民共和国陸軍の一個中隊が上船してきた。

北斗号船長、白鳥鉄善の逮捕状を持ってきていた。

白鳥とゲリー・ハリソンは船長公室で乾杯をしていた。そこへ、人民議会副議長のサヒド・アルウが入ってきた。

夜でもサングラスをかけたままのアルウは、昼間の温厚さは捨てていた。

「ラザール国にとってはもっとも重要な犯罪人を、あなたは、逃亡させた。ラザール人民共和国法廷はあなたを裁かねばならない」

冷たい口調で告げた。

「その前に、北斗号船長として、貴官に抗議しておく」

こうなるであろうことを、白鳥は、覚悟していた。

「ラザール人民共和国は国際法を踏みにじり、アメリカの主権を侵害している。即刻、北斗号を原状に復さしめ、かつ、ラザール人民共和国の名においての謝罪を要求する」

「われわれに、謝罪などする必要はない。北斗号はわが国の港にある。あなたがたは国内法に従わねばならない。それを無視した。わが国民の神経を逆なでする挙に出た。したがって、逮捕する」

アルウは、兵に逮捕を命じた。

ハリソンは、白鳥の連れ去られるのを見送った。

白鳥は笑顔を残して船長公室を出た。

ハリソンの手から、グラスが落ちて、割れた。

ハリソンは、ルサカ三世を脱出させることに同意した。それ以外に選択の余地はなかった。

公海で収容した人間を、そして、亡命を求めている人間を、殺されるとわかっている国に引き渡すことはできない。

まして、ルサカ三世は重態であった。癌病船はルサカ三世を死界から連れ戻した。連れ戻した者をふたたび死刑台に送れるわけがない。ラザール領海内での収容なら、ラザールの国内法に従って渡さねばならない。

ルサカ三世の脱出を決意して、白鳥は、ラザール国内法の適用を受けることになろ

う と語った。まさかと、ハリソンは否定した。ラザールが国際法を踏みにじり、暴挙に出ているのである。逮捕などできるわけがない。それをすればアメリカに剣を突きつけたことになる。そんなことはいかに社会主義独裁国でもできるわけがない。せいぜい、癌病船の封鎖が長引くていどであろうと思っていた。

政治解決に持ち込まれるものと思っていた。

だが、白鳥は逮捕された。

ハリソンは、ことばを失った。

長い間、突っ立っていた。

白鳥逮捕を知って副船長のデビッド・ロートンと一等航海士の竹波豪一が駆け込んで来た。

「わたしは、これまで、人間を恨んだことがなかった……」

ハリソンは、二人に視線を向けた。

「病人にばかり、目を向けてきた。政治には目を向けなかった。だが、この国は異様だ。このような無法を押し通す国があるとは、知らなかった。わたしは、この国を憎む。この国の指導者を憎む。わたしは、たったいまから、医師を捨てる。捨てて、白鳥救出に全力を尽くす。わたしは、全世界にアピールする。この国の指導者の横暴ぶりを、全世界に……」

それから先は、ことばがつづかなかった。

唇がふるえていた。

ロートンにも竹波にも、ことばはなかった。

事態は急速に悪化した。

ルサカ三世がベインブリッジに引き取られた翌朝には、ラザール人民共和国ラククの空軍基地にソビエトのミグ戦闘機編隊が飛来した。中東のソビエト基地から飛来したのであった。

それを知った隣国ザイールが緊張した。ザイールとラザールはつねに国境紛争を引き起こしている仲だ。ザイールにあるアメリカ空軍基地は緊迫に包まれた。

アメリカ大西洋艦隊、ソビエト大西洋艦隊が総力を挙げて南下中であった。

アメリカ大統領はラザールに警告を発した。癌病船船長をただちに釈放し、癌病船を原状に復さなければアメリカは重大な決意をせざるを得ないと、異例の強い警告であった。

ソビエトが反対した。アメリカはルサカ三世を返すべきであると。ルサカ三世を奪ったのはラザール人民共和国を潰《つぶ》そうとするアメリカの陰謀であると、攻撃した。

その攻撃を受けて、ラザール人民共和国人民議会議長、ルンダ・ビエが声明を発表した。

われわれは多くを希《のぞ》んでいるのではない。ラザール国民の敵であると同時に人類の敵でもあるルサカ三世の返還を希んでいるだけである。アメリカの謀略組織はルサカ三世を奪うためにルサカ三世の部下に武器と資金を援助した。癌病船に公海上で収容させるように手配をした。われわれはそのアメリカの非を問うために癌病船を封鎖したのである。ルサカ三世を返還せぬかぎり、癌病船の出港はあり得ない。もちろん、船長の釈放はあり得ない。白鳥鉄善はわが国の主権を犯してルサカ三世を米巡洋艦に逃亡させた。これはわが国の革命法廷で厳しく裁かれねばならない。わたしは人民議会議長として、ここに宣言する。白鳥船長は迅速に裁かれる。刑の宣告が出たらただちに執行されるであろう。哀しいことだが、ルサカ三世を返還せぬかぎり、裁判、刑の執行を喰いとめることは、不可能である。

強硬なルンダ・ビエの発表であった。

応酬の裏では政治折衝が繰り拡げられていた。

国連を舞台に、アフリカ統一機構を舞台に、交渉がつづけられた。

だが、交渉は容易にまとまらなかった。

まとまらないままに、三日間が過ぎた。

この三日目の正午、ルンダ・ビエが重大発表をした。

白鳥鉄善の革命法廷での裁判が明十二月六日から三日間の予定で開かれる。四日目には判決いい渡しをし、その翌日に刑を執行するとの発表であった。

おそるべき内容を含んだ発表であった。

ゲリー・ハリソンは船長公室で、その報に接した。

船長公室は白鳥救出本部になっていた。

ハリソンに苦悩が深い。急激に痩せていた。打つてがないのだった。国連、WHO、国際赤十字、アメリカ大統領、アメリカ議会――ありとあらゆるところに救出要請の連絡をとっていた。

だが、なんの曙光《しょこう》もみえなかった。

アメリカ大統領は、重大な決意をせざるを得ないと声明を出したきりになっていた。

弱いアメリカを露呈したにすぎなかった。

ルンダ・ビエはそれを逆手にとった。

明日から裁判を開き、三日で結審、五日目には刑の執行をするとの、脅迫に出た。刑の執行というのが死刑を指しているのは瞭然であった。

三日以内にルサカ三世を戻すか、それとも癌病船船長、白鳥鉄善の処刑を甘受するかの選択を、アメリカ政府に迫ったのである。

船長公室にはハリソンと、デビッド・ロートン、竹波豪一の三人が詰めていた。

「まちがっていたのかもしれない。わたしが、まちがっていたのかもしれない」

ハリソンは、頭を抱えた。

「ルサカ三世を殺すべきだった。そうすべきだったのだ。かれは世界中から嫌われている人間だ。殺すべきだったのだ。医師の論理の通用しない世界があるのを、わたしは、知らなかった。防潜機雷網で封鎖されたときに、この国のおそろしさを知るべきだった。人間のいのちにばかり、わたしは目を向けて来た。おろかだった。ルサカ三世を脱出させることに賛成するのではなかった。駐ザイール大使のいうように……」

「待ちなさい、ドクター・ハリソン」

ハリソンは狂躁《きょうそう》状態になっていた。竹波は、ハリソンの際限のないことばを制した。

「あなたが賛成したから、キャプテンは、ルサカ三世を脱出させたのではありません。キャプテンは自身の責任において、ことを処理したまでです。このことのあるのは、覚悟していました。だが、キャプテンには使命があります。騙《だま》されて、防潜網で封鎖されては、キャプテンの立場がなくなります。死を賭して、キャプテンは海の規則を守ったのです。わたしは、キャプテンをよく知っています。同じことが起きれば、ふたたび、これと同じことをやります。信念を枉《ま》げない男です。わたしは、キャプテンのとった行動は正しいと思います。あなたが、ルサカ三世を殺さなかったのは、正しい。患者を殺して、どうするのです」

「だが、そのかわりに……」

ハリソンは泣き出しそうな目を向けた。

白鳥には弁護士すらついていない。

三日間——その三日間にアメリカが面目を捨ててルサカ三世を返さないかぎり、白鳥の処刑はとめられない。

「待ちましょう、ドクター・ハリソン」

待つしかない。ひとびとは傍観しているのではない。たったの三日間で結審をし、五日目刑の執行をするというこの無法を、手を拱《こまぬ》いて見守っているのではない。

待つしかないのだった。

「わたしには、待てない」

ハリソンは、ふらふらと立ち上がった。

そこへ、総婦長のバーバラ・ルカスが入ってきた。表情が引きつれていた。

「院長」

バーバラは、ハリソンをみつめた。その瞳に大粒の泪が浮いた。

「どうした！」

ハリソンの声がおののいた。

「特別病棟の患者が、大勢、退船を申し出ています。患者たちがひそかに団結して、ラザール当局と交渉をしたのです。ラザール当局は、癌病船はルサカ三世が返還されないかぎり出港は不可能だと答えたのです。下船する患者の帰国は妨《さまた》げないと……」

「……………」

「もう、癌病船は、おしまいです」

バーバラは、泣いた。

特別病棟の患者たちはリチャード・スコット記念財団およびＷＨＯに病室購入費用および慰謝料の請求裁判を起こすといきまいていた。

その波紋は一般病棟に声のないおびえをもたらしていた。

副院長のハンス・シュライバーが入ってきた。

「最悪の事態です」

「患者の動揺か！」

「ラザール当局から、一般患者の退船、帰国のために国際赤十字の応援を要請したと、通告してきました」

シュライバーはひどく青ざめている。

「癌病船を、つぶす、つもりか」

ハリソンは、ソファにくずおれた。

足がふるえて立っていられなかった。

「わたしは、わたしは――」ハリソンは、あえいだ。「わたしは、軍人になっておれば、よかった。この無法を、叩き潰すのは、軍人でなければ、できない。ルンダ・ビエは、狂ったのか――わたしに、器量があれば、ルンダ・ビエと、刺しちがえるものを……」

ハリソンは、目を閉じた。

癌病船は難破した。それを、はっきり、悟った。

祖国アメリカは沈黙している。ルンダ・ビエは嵩《かさ》にかかっている。アメリカがルサカ三世を返さぬかぎり、白鳥鉄善は処刑される。声明は出した以上、ルンダ・ビエは処刑しよう。それでもアメリカがルサカ三世を返さなければ、癌病船は出港させない。そのための国際赤十字要請だ。

ハリソンは空間をみつめた。

なんのための癌病船建造だったのか。

なんのための世界に向けての航行だったのか。

いったい、ひとびとは人類を蝕《むしば》む難病をなんだと思っているのか。癌患者の重いうめきをどのような思いできいているのか。健全な人間は、権力を弄《もてあそ》んでいればよいのか。

電話が入った。

バーバラが出た。リチャード・スコット記念財団本部からだった。

ハリソンを呼んでいた。

ハリソンは首を振って、拒《こば》んだ。

「わたしには、もう、なんの力もない」

つぶやいて、船長公室を出た。

8

ゲリー・ハリソンは物音で目覚めた。

居室につづく院長公室のドアがかすかに音をたてていた。ハリソンはベッドを出た。ベッドに入ったのは一時間ほど前であった。眠りに落ちてすぐに夢をみた。

悪夢だった。夢の中を白いものがうごめいていた。わけのわからない生きものがしきりに行き交《か》っている。

白鳥が連行された日からその正体不明のものが夢の世界に喰い込んできていた。

ハリソンは、ドアを開けた。

黒い潜水服を着た男が立っていた。

男は、ハリソンを押して室内に入った。

カーペンターの関根だとわかった。

「いったい、どうやって……」

関根はルサカ三世を巡洋艦ベインブリッジに送って行ったはずだ。それに、癌病船はラザール海軍が二十四時間、監視態勢にある。

「あなたに、相談がある」

関根は、ハリソンの問いには答えなかった。

テーブルを挟んで、向かい合った。

「われわれは、白鳥船長を奪回する。同時に、癌病船をセルパ港から脱出させる。その計画を伝えに来た。あなたの協力が必要だ」

「待ってくれ。われわれとは——それに、ルサカ三世はどこに」

ルサカ三世の行方についてはアメリカも口を閉ざしたままだ。

ハリソンは関根の濡れた潜水服に視線を向けた。海から上がったばかりだった。

「ルサカ三世は隣国、コンゴにいます。ベインブリッジから即刻、コンゴに移したのです」

「そうか……」

「白鳥船長はセルパ宮の地下牢に監禁されている。救出して、ザイールに入る。そこから空路、バルセロナに向かう」

ハリソンは聴きながらブランデーを取り出してグラスに注《つ》いだ。

「白鳥船長救出と同時に、癌病船を脱出させる」

関根はブランデーを一気に乾《ほ》して、つづけた。

「防潜網は電動式になっている。取り除くのと同時に、港の両翼にある監視哨《かんししょう》を襲う」

「待ってくれ」

関根の無造作な説明に、ハリソンはあえぎ気味の声をだした。

「港には二隻の駆逐艦《くちくかん》がいる。駆逐艦も、襲うのか」

「襲う」関根は、うなずいた。「機雷を駆逐艦の進路周辺に敷設《ふせつ》する」

「しかし、しかし、そんなことになったら空軍が……」

「命令系統を破壊する。空軍基地には命令は届かない。電話、無線、すべてがね」

「………」

「決行は四日後の十二月十日午前零時。午前零時に癌病船は出港できるようにしておいていただく。フルスピードで突っ走ってもらう。領海外には米大西洋艦隊主力が待機している。追跡機があれば、空母ニミッツの艦載機が迎え撃つ。自国船保護の名目で迎撃機は領空内にまで入る」

「しかし、ソビエトは……」

ラクク空軍基地にはソビエト戦闘機編隊が飛来している。

洋上にはソビエト大西洋艦隊が展開している。ラザールと安全保障条約を結んでいるソビエトが黙っているとは思えない。

「癌病船が港を出てくれば、ソビエトは動かない――そう、読んでいます。動いたら、叩くまでです。艦隊司令は国防総省からそう命令を受けています。ザイールの米空軍基地も戦闘態勢に入っている」

「…………」

「あなたに、ロートン副船長と一等航海士《チョイサー》の竹波を説得していただきたい」

「…………」

「作戦が成功しても、癌病船が出港しなければ、なんにもならない」

「わかった。副船長と一等航海士は、責任を持って、わたしが説得しよう。防潜網さえ取り除かれたら、癌病船は出港させる。約束する。だが、教えてくれ。われわれとは、いったい……」

「われわれ三人のカーペンターと、米本国からやってきたグリーン・ベレーの破壊工作要員です」

関根は、はじめて、笑みを浮かべた。

「成功するのかね」

ハリソンの声がふるえた。

「してみせます」

関根は、ペンを把《と》った。メモに分秒刻みで樹《た》てられた白鳥救出、癌病船脱出の計画を書いた。それをハリソンに渡して、立った。

「十二月十日、午前零時」

そういい残して、関根は院長公室を出た。

ハリソンは長い間、ドアをみつめていた。


十二月六日早朝。

癌病船特別病棟から四十三人の患者が退船した。

退船した患者はラザール政府差し回しのバスで隣国ザイール国境に向かった。国境でザイール赤十字が受け容《い》れてキンシャサ空港からそれぞれ帰国の便を計ることになっていた。四十三人の退船患者は癌病船の衰退を浮き彫りにした。

ハリソンはブリッジで立ち去る一団を見送った。二台のバスは四十三人を収容して土埃《つちぼこり》の中に走り去った。

舷側では残ったひとびとが声もなく見守っていた。残ったひとびともいずれは第二陣として去る。第一陣四十三人が去ったことではかりしれない動揺が出ている。終生を託した癌病船を見限ったひとびとの胸中には故郷が急速に大きく膨《ふく》らんでいるのにちがいない。

残ったひとびとの胸中にも同じものが強かろう。いったんは捨てた故郷が癌病船のつまずきで、甦《よみがえ》ったのだ。

櫛《くし》の歯を挽《ひ》くようにひとびとは癌病船を見捨てる。

やがて、一般病棟の患者にも、それは、波及する。特別病棟の患者とちがって一般病棟の患者には自国に帰るだけの旅費のない者が多い。国際赤十字がそれらの患者の世話を引き受けざるを得ない。もちろん、WHO、リチャード・スコット記念財団も患者の送還に協力せざるを得ない。それぞれの国の政府も協力はしよう。

癌病船は空《から》になる。最新鋭の医療機器を備えた七万二千トンの巨大闘病船は就航三カ月で行方を失うのだ。

リチャード・スコット記念財団は患者への賠償支払いで分解する。

そうなると、もう、だれにも癌病船の立て直しはできない。資金面ではどうにかなるにしても、地に堕《お》ちた信用はもとに戻らない。それが就航のテーマであった癌撲滅会議は、二度と開かれない。

——十二月十日、午前零時か。

ハリソンは、胸中につぶやいた。

その日は前日の九日に判決を受けた白鳥鉄善が処刑される日だ。

白鳥鉄善が処刑されたら、癌病船もその瞬間にいのちを失う。国連の機構の一つであるWHO所属の癌病船船長が無法国の裁判で処刑されるようでは、ひとびとの癌病船に向けた目は、熱を失う。たとえ脱出に成功しても、凋落《ちょうらく》の翳《かげ》りは覆《おお》いがたい。

あと三日——ハリソンは、みえない何ものかに祈った。九日の深夜にすべての希《のぞ》みを托すしかなかった。

関根とその仲間が白鳥鉄善救出に成功すれば、癌病船は立ち上がる。一基、二十五万キロワットの原子炉を癌病船は二基、搭載している。二基で二十万馬力のパワーを蔵している。戦闘艦なみの三十八ノットの最高速度で暗黒の国ラザール人民共和国の桎梏《しっこく》を断ち切ることができるのだ。

第一陣、四十三人が退船した。

第二陣が退船する前に癌病船は自由の海に出られる。

だが、白鳥鉄善の救出が成らずに処刑され、癌病船脱出もならないという最悪の事態になる懸念《けねん》も、なくはないのだ。

そうなったら、たちまち、ひとびとは癌病船を捨てる。

廃船となって横たわる癌病船を、ハリソンはみつめた。

バスの去った赤土の道が燃えている。

毛の抜けた犬が陽陰《ひかげ》を伝い歩いて消えた。

犬の消えたあとに、奇妙な生きものが姿をあらわした。ハリソンはみるともなくそれをみていた。ナマケモノか何かが赤土の道を這って来たのかと、ぼんやりと、思っていた。

生きものはのろのろと這っていた。

じきに、そのあとに三、四人の子供が姿をあらわした。栄養失調で手足の細い、腹ばかり突き出た子供たちなのが、遠目にもわかる。その子供たちは棒切れを持っていた。奇妙な生きものを追っているようであった。

子供たちが棒切れで叩いた。

叩かれてその生きものは立ち上がった。その生きものは人間であった。

ハリソンは双眼鏡を把《と》った。

全裸の老婆だった。老婆は針金のように痩せていた。手足を振り回して何かを叫んでいる。

癌病船監視の兵隊が走った。

十数分後に、監視哨からハリソンに電話がかかった。ハリソンは自室に戻っていた。気の狂《ふ》れた老婆が死にかけている。診《み》てはもらえないかという電話だった。

ハリソンは、気分が重かった。だが、承知した。ルンダ・ビエとその政府には燃えるような憎しみがある。だが、一般国民にまでその憎悪を向けるべきではないと、自分にいいきかせた。そうでなければルサカ三世を脱出させた意味がなくなる。

ハリソンは部屋を出た。ポルトガル出身の看護婦を連れて、陽射しの強い埠頭《ふとう》に下り立った。兵士がハリソンと看護婦を詰所に案内した。

全裸の老婆は横たわっていた。

一目みて、ハリソンは老婆が死の寸前にあるのをみてとった。全身、垢《あか》にまみれていた。針金に皮をまとったような体だった。肉がない。その体におびただしい鞭《むち》の痕があった。古い傷だが、ケロイド状になって痕跡を残していた。

老婆は、突如、立った。手足を振り回して何かをわめき散らした。

その目は白目だった。

ひび割れのした手の平、足の裏が、染めたように黄になっている。

「ウィルス性の劇症肝炎《げきしょうかんえん》だ」

ハリソンは、看護婦に告げた。

肝臓が急激に、広範囲に破壊されて起こるのが劇症肝炎だ。老婆は、それにかかっていた。突如、わめき散らすのは劇症肝炎の特徴だ。

「隊長はいるか」

ハリソンは看護婦に訊かせた。中年の男がわたしだと、ポルトガル語で答えた。

「死亡率九十パーセントの劇症肝炎だ。たすかるとは思えない。だが、わたしは医師だ。一応の手当てはする」

そう通訳させた。

ハンド・トーキーで収容隊を呼んだ。

老婆を収容して、人工肝臓を接続した。副腎皮質《ふくじんひしつ》ホルモン、アドレナリン、強心剤などの点滴注射の処置を施した。

老婆は昏睡に陥《おちい》りかけていた。痙攣《けいれん》も出ている。たすかるかどうかは、神の意志であった。できるだけの処置をして、ハリソンは部屋を出た。

院長居室に入った。

休憩をとって、Hデッキに向かった。

大月夕雨子《ゆうこ》のことを思いだしたのだった。

白鳥が逮捕されたことを夕雨子が知っているかどうかは、ハリソンは知らない。H

―5の前に立った。ドアをノックした。小さな声が返った。ハリソンは中に入った。夕雨子はベッドにいた。夕雨子はハリソンが院長なのを承知していた。起きようとしたのを、ハリソンは押しとどめた。夕雨子には英語は通じない。おびえさせることを懸念して、ハリソンは喋らなかった。

笑顔で、痩せた手を把《と》った。

夕雨子はベッドでベレー帽を目深《まぶか》にかぶっていた。眉の脱け落ちたのも隠すほど深くかぶっていた。瞳が庇《ひさし》の陰で黒い小さな光をたたえていた。ハリソンは夕雨子のほおをなでた。ほおから顎《あご》をなでているうちに、ふっと、泪《なみだ》が出た。この少女のいのちがあと一カ月足らずに迫っているのを、ハリソンは承知していた。絶対に喰い止めることのできないいのちの進行であった。

夕雨子は、たった一人、自分を庇《かば》ってくれる石根を、全裸になって抱いて死界から連れ戻した。その石根は夕雨子を救《たす》けようとしてわが腕を嚙み千切って鮫の餌食《えじき》になった。

夕雨子には石根の死は伝えていないはずであった。知れば、いのちは急激にちぢまる。白鳥鉄善が逮捕され、処刑されるときけば、さらに、ちぢまる。

どうして、病魔は少女や少年を襲うのか。

夕雨子が手を伸ばして、ハリソンの泪を拭いた。

その夕雨子の貌《かお》には笑みがあった。心配しないでという、意思表示の、笑みがあった。

ハリソンは小さな手を握りしめて、部屋を出た。

白鳥が逮捕された日からハリソンは院長としての仕事は放棄していた。副院長のハンス・シュライバーに任せっきりであった。

院長居室に戻る途中のエレベーターで、そのシュライバーに遇《あ》った。

シュライバーを誘い、Dデッキに上って、喫茶室に寄った。

喫茶室には船内銀行支配人のヴァルター・ベックが来ていた。ベックはハリソンをみて、やってきた。

「最悪の状態です」

ベックの表情には力がない。

「取りつけ騒ぎです。特別病棟の患者の大半が預金と貴金属を引き出しました。この分では、数日中に第二陣の退船組が出そうです。それも、ごっそりと」

「やむを得まい」シュライバーが受けた。「ラザール当局は、国際赤十字まで引っぱり出してしきりに退船を勧告しているのだ。内部からも癌病船を喰い荒らそうとしている。卑劣なやりかただ」

ドイツ系のシュライバーは気が短い。憤懣やるかたない口調だった。

「いったい、どうなるのです?」

「わかるものか」

ベックの問いに、ハリソンは怒ったように答えた。

――あと三日。

そのことのみが、ハリソンの心を占めていた。

できることなら、白鳥救出に自分も加わりたかった。自動銃を撃ちながら王宮に突入したいと、ふっと、凶暴な血が騒ぐ。

「本部は、どうみているのです」

ベックがシュライバーに訊いた。

「どうもみているものか」自棄《やけ》気味の大声でシュライバーが答えた。「アメリカ大統領と同じに、沈黙している。WHOも、そうだ。喋りまくっているのは、ルンダ・ビエの野郎だけさ」

「食糧は、どうなっているのかな」

ハリソンは、シュライバーをみた。

シュライバーが口を開く前に、ハリソンに声がかかった。総婦長のバーバラ・ルカスが立っていた。

「どうした」

「急いでブリッジに登って、自分の目でみてください」

太い腰に両手を当てたバーバラは青ざめている。

ハリソンとシュライバーは、ブリッジに登った。

中央埠頭に何百人という行列ができていた。

「なんだ、あれは？」

「病人です」バーバラが、答えた。「瀕死《ひんし》の老婆を収容したことがあっという間に貧民窟に拡がったのです。下りて、ご自分の目でたしかめたらいかが。熱帯性潰瘍《かいよう》で全身が膿《う》んでいる者、梅毒で体中に吹き出物がでている者、寄生虫にやられた太鼓腹の子供たち――これが、ラザールの本当の姿です。革命は成ったが、国民の貧困は目を覆うばかり。いったい、革命政府は、何をしているんです。ルサカ三世にかまう暇があるのならなぜ、国民の窮状に目を向けようとしないの。ルンダ・ビエとその仲間一握りの政府のための革命なの。ルンダ・ビエは癌病船に何をしようというのよ！　卑《ひ》怯者《きょうもの》よ！　かれは国民を裏切っているのよ！　気が狂っているのだわ！　ルサカ三世と同じよ！」

バーバラの声は叫びになった。

「おちつきなさい」

ハリソンは、バーバラの肩に手を置いた。

「どうしようというのよ！　あのひとたちは！　癌病船に来ることないじゃないの！

王宮に向かえばいいのよ！　人民議会に向かえばいいのよ！」

泪を流しながら、バーバラは叫んだ。

「バーバラ」

ハリソンは、バーバラを窓から引き離した。

「しっかりしてくれ、バーバラ。われわれは医療集団だ。世界の病魔に闘いを挑むために航海に出た。あのひとびとは癌病船の敵ではない。癌病船に救いを求めてやってきたのだ。手当てを拒めば、死ぬ。われわれは病人を守るためにいのちを賭《と》してエリトリアに向かった。それが癌病船の責務だからだ。かれらは生涯に一度も医師にかかることはない。病を得たら、ただ、死を待つのみだ。だが、かれらは知った。癌病船に行けば苦しみを救ってもらえると。政府は面倒をみてくれないが、癌病船なら、なんとかしてくれると。飢えと病苦にもがいているかれらは、癌病船に唯一の希みをつないでやってきたのだ、バーバラ」

「…………」

「罪は、かれらにはない、バーバラ」

ハリソンは、バーバラの肩を叩いた。

「看護婦を総動員してくれないか、バーバラ」

「わかりました」

バーバラは、泪を拭いた。

「ハンス。協力してもらえるか。癌病船がこんごどうなるにせよ、いまのところは、世界最高最大の闘病船だ。ここが最後になるのなら、総力を挙げて、あのひとびとを救けようじゃないか」

「わかったぜ、ゲリー」

シュライバーの貌《かお》に朱が射していた。

9

十二月九日夕刻。

キンシャサ空港近いザイールとラザールの国境を越えた、六人の人影があった。関根、倉田、鳥居の三人に、グリーン・ベレーの破壊暗殺工作隊から派遣されたジョン、ピート、ジムと名乗る三人であった。

アーリー・タイムス作戦と命名したこの作戦には二十一人のグリーン・ベレーが投入されていた。関根たち三人を含めて六人一組で四班に分かれている。

セルパ港両翼にある海軍監視哨二カ所襲撃。

白鳥鉄善救出。

電話、無線指令室破壊。防潜網撤去、機雷敷設。

その第一班が、白鳥救出であった。

王宮の図面はルサカ三世に教えてもらって全員が頭に叩き込んである。

関根たちが国境を越える二時間前の午後五時にラザール人民議会は白鳥鉄善の判決をラジオで報道していた。

銃殺刑。

ラザール人民共和国崩壊を策した罪であった。

被告はアメリカ帝国主義の手先となってラザールに傀儡《かいらい》政府を樹立する目的でルサカ三世奪取に協力したという、判決要旨だった。

刑の執行は十二月十日正午とあった。

ラジオを聴いて、笑わせるなと、関根は、ことばを落とした。

ルンダ・ビエは、大きな賭けに出た。

癌病船封鎖が長引けば、国際世論に袋叩きにされる。八百人の患者を収容している癌病船である。人道問題が出てくる。

短期決戦に出た。

白鳥鉄善を革命裁判にかけるといえば、アメリカはルサカ三世を返すとみた。裁判を三日間で終わらせ、四日目に判決、五日目に刑を執行するといえばアメリカは打つてがなくなる。そんな短期日では外交交渉も何もできないからである。

狼狽《ろうばい》してルサカ三世を送り返すものと、ルンダ・ビエは思った。返さないわけがない。アメリカにとってルサカ三世は無用の長物だ。

だが、アメリカは沈黙を守った。

公式に非難はした。もし、癌病船船長を裁判にかけ、処刑をするなどの無法行為に出たら、その責任はラザール人民共和国が取らねばならない。アメリカは黙認はしない。重ねて厳重に警告すると、声明を出した。

自由主義国家群も非難声明を発表した。

だが、それだけであった。

ルサカ三世はどこからも戻ってこない。

ルンダ・ビエは、賭けに破れた。公表した以上、面目にかけても白鳥の処刑をしなければならないが、それをしたら、どうなるかわからない。進退きわまっているにちがいなかった。

バカめと、関根は笑った。

権力は握ったが、その権力の使いかたのわからない男だった。ソビエトの武力を笠にきて刀を振り上げたがその下ろし場に困っている。政治家ではなくてただの独裁者にすぎなかった。


夜半前に、セルパ王宮に着いた。

警戒は厳重になっていた。地下牢に通じる鉄扉の前には十数人の武装兵が立哨《りっしょう》している。

一行は公園の繁みに紛れ込んだ。

繁みに入って、時計をみた。午前零時までに三十分ある。白鳥救出時間は午後十一時三十五分から四十分の五分間に決定されていた。白鳥を救出して五分後、十一時四十五分に無線で他の三班に作戦開始の合図を送る。

合図を受けた三班は十五分間ですべての作戦を完了する。

午前零時十分前に癌病船は原子力エンジンを始動する。午前零時きっかりに癌病船は繋留綱《けいりゅう》を断ち切って出港する。

一分の狂いも許されない綿密な作戦が組み立てられていた。

作戦に従事する男たちはグリーン・ベレーの中でも一人軍隊と呼ばれる卓越した腕の持ち主ばかりだった。

午後十一時三十五分。

ピートが繁みを出た。ピートは握り拳を二つ合わせたほどのガラスのボールを持っていた。猛毒の青酸ガスが圧縮して詰め込まれている。ピートはそれを投げた。距離は約五十メートルある。ガラス玉には網をかぶせてある。その網の端の紐状になったところを持って二、三回、ピートは振り回した。手から離れたガラス玉は正確に飛《ひ》翔《しょう》して、警備兵の足もとに落ちて、割れた。

十秒間、待った。

その間に六人はガスマスクをつけた。グリーン・ベレー特製の小さく折りたためるガスマスクだった。

繁みを出た。立っている警備兵は一人もいなかった。

ガラス玉を投げてから鉄扉の鍵を奪って開けるまでに二十秒かかった。関根が先に踏み込んだ。螺旋《らせん》状の階段を下りたところに牢獄の詰所がある。関根、倉田、鳥居がとび出して、伏せた。伏せる前に消音拳銃が三人を仆《たお》していた。ピート、ジム、ジョンがつづいて、三人を仆していた。

残った四人が、手を挙げた。ジョンが、その四人を射殺した。

詰所の扉を出るとコンクリートの廊下がある。その両側に牢獄が並んでいた。

白鳥鉄善はその一つに監禁されていた。

関根が鍵を開けた。白鳥には手錠と足枷《あしかせ》がかけられていた。それを外《はず》して外に出るまでに、侵入してから四分、かかった。

午後十一時四十分。

繁みに走り込んだ。

ジムがハンド・トーキーのアンテナを伸ばした。作戦開始合図までに五分ある。

関根が白鳥に作戦を説明した。

「わたしは、ザイールには向かわない」

白鳥がはじめて口をきいた。低くて、しわがれた声だった。

「なぜです」

「北斗号に戻る。わたしは北斗号船長だ。作戦遂行に、万一、支障が起きたときには、わたしがいなければロートン副船長に迷惑がかかる。わたしは、ここから真っすぐに、北斗号に向かう」

「…………」

「走れば、二十分あれば、港に着ける。拳銃を貸してもらえないか」

「わかりました。わたしと倉田、鳥居で船まで送ります」

「やむを得まい」ピートが口を挟んだ。「われわれも供をする。車を奪おう。ラザール人民共和国軍隊と一戦、交《まじ》えるか」

「時間だ」

ジムが送信ボタンを押そうとした。

その瞬間だった。それまで受信にしていたハンド・トーキーに呼びかけが入った。

——こちら、癌病船、ゲリー・ハリソン。アーリー・タイムス、応答せよ。

「狂ったのか」

ジムの声が低い。

「アーリー・タイムスは中止だ。なんということだ」

ピートの声が怒りにふるえた。

——アーリー・タイムス、応答せよ。こちら癌病船、ゲリー・ハリソン。

「もう、いやだぜ、おれは」

ジムはハンド・トーキーを送信に入れた。

「——こちら、ジムだ。アーリー・タイムスは飲んでしまった。帰って寝るとしようぜ」

待機中の三班に告げた。

「貸せ」

関根がハンド・トーキーを持った。

——癌病船、アーリー・タイムスだ。

——奇蹟が起きた。作戦中止だ。

ハリソンの声が高い。

関根は白鳥にハンド・トーキーを渡した。

——白鳥だ、ハリソン。

たのか。

——キャプテン、奇蹟が起きた！　ルンダ・ビエが謝《あやま》ってきた。しかし——脱出した。

——脱出した。

——急いで、戻られたい。ルンダ・ビエがここに来ている。

——ルンダ・ビエか。

つぶやいて、白鳥は立った。

「野郎」ピートが大声を放った。「こんなバカげた作戦は、はじめてだぜ」

「殺された野郎が、可哀そうだな」

ジムが、王宮をみて、つぶやいた。

奇蹟はちょっとしたことから生じた。

癌病船は貧民窟からの病人で膨《ふく》れ上がった。もちろん、収容する病室はない。十二月七日の夕刻までに病人は数百人に上《のぼ》った。中央埠頭が押しかけた病人で埋まった。

癌病船は総力を挙げての治療態勢をとった。

癌病船の治療スタッフは医師三百名、看護婦八百名、放射線技師三十名、検査技師三十名のほかに薬剤師が二十名の合計千百八十名である。

これとは別に病院事務部門は二百七十名。診療科目は内科をはじめとして十八科ある。

その巨大医療機構がフル稼働《かどう》をはじめた。

病人を炎天下の埠頭に待たせるわけにはいかない。全員を癌病船に収容した。Dデッキ、Eデッキにある劇場、ダンスフロア、レストラン、クラブ、はてはプールから各プロムナード・デッキにまで病人を収容した。

事務部、甲板部員まで動員しての整理がはじまった。飲みもの、食事などの世話もある。野戦病院なみの様相を呈した。

Dデッキ、Eデッキは喧噪《けんそう》に充《み》ちた。

ラザール政府はみてみぬふりだった。

ゲリー・ハリソンはもう、そのことは考えなかった。ラザール政府がどう出ようとかまわない。十二月九日夕刻までにはまる二日間ある。それだけの時間があれば千人の患者は治療できる。もちろん、一回の治療で治癒《ちゆ》するわけではない。それでも病苦を和《やわ》らげることはできる。

途上国の人間には薬は劇的効果をもたらすことが多い。皮膚病などは抗生物質の投与であっさり治る。寄生虫によるものなども薬剤投与で治癒する。

ともかく、全力を傾けた。

翌朝にはさらに病人が増えた。みかねた海軍監視隊が中央埠頭で整理をはじめた。それだけではなかった。海軍一個中隊が癌病船に派遣されてきた。通訳と船内整理の手伝いを申し出たのだった。

ハリソンは受け容れた。ただし、翌日の午後六時までと治療時間を制限した。六時には全員、下船してもらう。癌病船収容患者の治療やオペが山積しているからというのが理由であった。十一日からふたたび治療を開始すると告げた。

海軍一個中隊を引率して来たのはラザール海軍少将のフェルナンデス・シルベスタだった。

瘦せて、背ばかり高い中年男のシルベスタはD、Eデッキをみて驚嘆した。その快適さと施設の完備にであった。

後学のために医療室をみせていただきたいと申し出たのは、九日の午後三時過ぎであった。バーバラ・ルカスが、F、Gの病院デッキを案内した。バーバラはシルベスタには好意を持っていた。自ら協力を申し出ただけあって、腰が低かった。自国の病人たちが高級レストランで食事の供応を受けているのをみて、しきりに申しわけないと、口にした。わが国は貧しい。生涯、医師にかかれないで死んでゆくひとびとが多い。いつの日か、わが国もこのような医療先進国に仲間入りしたいと、率直に述べた。

そのシルベスタ少将が、Fデッキにある集中治療室を見学中に、一人の老婆に目をとめた。

人工肝臓にかかっている老婆だった。

癌病船が最初に収容したその老婆は、回復しつつあった。人工肝臓の解毒作用が老婆から昏睡を取り去り、痙攣《けいれん》を取り去り、熱を取り去っていた。集中治療が老婆の病巣《びょうそう》を追い払いつつあった。

いまは、口もきける。

だが、癌病船が誇る同時通訳システムでも、老婆のことばは意味不明だった。

意識錯乱と、コンピューター診断が出た。

劇症肝炎による錯乱ではなくて、精神に障害をきたしているのであった。

シルベスタはその老婆に近寄って、長い間、貌をのぞいていた。

「マリアかもしれない」

シルベスタは、青ざめて、つぶやいた。

「マリア——知人ですか」

バーバラが、訊いた。

「マリアは、人民議会議長、ルンダ・ビエの母です。しかし、マリアなら、ルサカ三世に、喰われたはずだが……」

シルベスタの語尾が、ふるえた。

シルベスタは電話をとって、その場で、ルンダ・ビエに電話をした。

午後四時前に、ルンダ・ビエが護衛隊に守られて癌病船に到着した。

ハリソンが応対した。

ルンダ・ビエは四十七歳だときいていた。どちらかというと、小柄なほうだった。剃《そ》ったような短髪だ。独裁者にありがちの、感情を拒む冷たい目を持っていた。肌は黒光りしている。

——殺せたら。

ハリソンは、その思いで、ルンダ・ビエをみていた。

隙をみて、毒液を注射できたらとの誘惑がある。癌病船でなければ治療できない毒液を注射して、人質にとれば白鳥を救出でき、癌病船もセルパ港を出航できるかもしれない。

だが、突然の出来事にハリソンは策を樹《た》てる暇《いとま》がなかった。かりに時間があったとしても、ハリソンには重荷すぎる。

——三人のカーペンターがいれば。

無念だった。

白鳥鉄善の裁判結果は午後五時に発表されることになっていた。あと一時間だ。一時間たてば、ほぼ確実に死刑判決が出る。そして、処刑は明日になる。

三人のカーペンターとグリーン・ベレーの破壊工作要員の働きに、ハリソンは渾身《こんしん》の祈りをかけていた。

ルンダ・ビエは老婆をみつめた。

長い間、みつめていた。

そして、黙って、癌病船を去った。

ルンダ・ビエが去って間もなく、白鳥鉄善死刑の判決が、ラジオで流された。

癌病船が号《な》いた。

長く重い咆哮《ほうこう》をセルパ市に向けて放った。

無法国、ラザールへの、抗議の咆哮であった。

ハリソンは病人の退船を命じた。

海軍部隊がひとびとを下船させた。兵士も、癌病船のうめきにはことばを失っていた。

午後六時。

デビッド・ロートン副船長およびゲリー・ハリソン命で船内の大清掃が行なわれた。

セーラー、医師、看護婦、事務関係者総出で、癌病船は塵《ちり》一つない状態に磨かれた。

午前零時の脱走に備えたのだった。

午前零時と同時に癌病船はラザール人民共和国の無法の包囲を断ち切ってフルスピードで自由の海を目指す。

その計画を知っているのは、デビッド・ロートン、一等航海士《チョイサー》の竹波豪一、副院長のハンス・シュライバー、原子炉主任技師を兼ねる一等機関士、セバスチャン・ウォーカー、それにハリソンの五人だった。

咆哮を放って、癌病船は沈黙に入った。

午後九時、ハリソンは院長公室にこもった。

五人での最後の打ち合わせが終わったばかりだった。

ハリソンは仮眠をとった。

二日、三日ほとんど不眠不休に近い状態だった。時計を午後十一時にセットして、横になった。

二時間後にアラームが鳴って、はね起きた。

非常事態を告げる警報かと思ったのだった。

アラームとわかって、ほっと、肩を落とした。

電話が鳴った。

外部からの電話だった。

男だった。きれいな英語を使った。その男は、ルンダ・ビエだと名乗った。十五分後に癌病船を訪ねるという。ハリソンは大手術中で手が離せないから明朝にしてほしいと断わった。ルンダ・ビエは、どうしてもこれから訪ねるという。そして、手術の終わるのを待つという。

ハリソンは色を失った。

時計は十一時八分を指していた。

受話器を置いた手がふるえた。

ふるえは体全体に伝わった。

ロートン、竹波に連絡をとった。ロートンも竹波もことばを失った。

——決行日時を変更するしかない。

ハリソンは、そう決意した。ルンダ・ビエとの会談が十一時四十五分以降に喰い込むようなら、危険だが実行隊に無線連絡をとるしかない。その場合でも白鳥鉄善救出だけは敢行しなければならない。関根の残した分秒刻みのメモを、ハリソンは思い出した。白鳥を救出するのが午後十一時三十五分から四十分までの五分間。〈アーリー・タイムスをどうぞ〉のゴー指示は五分後の十一時四十五分に発信される。

その四十分から四十五分の間は、作戦隊の無線は万一のときのために受信状態になっている。

その五分間に作戦変更を告げるしかなかった。

ルンダ・ビエ一人なら、捕虜にできる。だが、ルンダ・ビエはつねに数人の武装護衛兵に守られている。

ハリソンは、焦燥に狂いそうな視線を空間に向けた。

ルンダ・ビエはきっかり十五分後に中央埠頭にやってきた。

ハリソンは第一応接室でルンダ・ビエを待った。

だが、ルンダ・ビエ一行は、真っすぐ老婆の収容されている部屋に向かった。

第一応接室に来たのは、十一時三十二分であった。

あと三分で、白鳥救出作戦が開始される。

ルンダ・ビエを迎えてすぐに、ハリソンは壁の時計に目をやった。

副議長のサヒド・アルウが一緒だったが、ハリソンにはどちらも、目には入らなかった。

「ドクター・ハリソン」

ルンダ・ビエは、手を差し出した。

ハリソンは、握手を拒否した。拒否して、ルンダ・ビエをみつめた。強い非難をこめた目を、ルンダ・ビエに向けた。

「わたしは、謝りに来ました」

ルンダ・ビエは切り出した。

「わたしのとった処置が、悪いというのではない。ルサカ三世はこの国の国民の敵です。あの男ほど暴虐な男は、人類史上でも稀《まれ》です。ラザール人民共和国の名において極刑にしなければならない人物です。この国の生命を賭けても連れ戻さねばならない人物なのです」

昂《たかぶ》りを表に出さない男だった。たんたんとつづけた。

「アメリカに攻撃される危険を冒してでも、取り戻さなければならなかった。それがわたしに課せられた責務だったのです。その信念は、いまも、変わりません。しかし……」

ルンダ・ビエは、ことばを切った。

ハリソンは時計をみた。

十一時三十六分。

白鳥鉄善救出作戦は一分前に開始されている。

「癌病船は、わたしの母のマリアを、たすけてくれた。マリアは革命が勝利を得る前々年にルサカ三世の近衛兵に連行され、それっきり、行方を絶ったのです。ルサカ三世が喰ったとの近衛兵の証言があって、それを信じていたのです。母は、生きていました。拷問《ごうもん》で記憶を喪《うしな》い、子供たちに叩かれ、石を投げられながら、この国をさまよっていたのです。わたしは、姉と妹を連れてきてたったいま、確認しました。母のマリアです。わたしは、癌病船を出港させることに決心しました」

「…………」

ハリソンはことばを呑んで、時計をみた。

十一時四十分。白鳥救出作戦は、終わっている。

「母を救けていただいたという私的感情だけで、謝ろうというのではありません。癌病船は、つまり、あなたがたは、わが国を憎んでいた。にもかかわらず、あなたがたはわが国民の治療に全力を割《さ》いてくれた。わが国は貧しい。資源はあるが、いまは独自で利用できる態勢にはない。もちろん、医療施設などはひどく弱体です。薬も買えず、医師にもかかれないのが現状です。わたしは、フェルナンデス・シルベスタ少将から報告を受けた。癌病船は総力を挙げて国民の治療に当たっていると。高級レストラン、クラブなどを開放して供応をしてくれていると。わたしは、ここに来て、その実際をみた。戻って、閣僚を集めて協議した。癌病船を封鎖したのはまちがっていたと、わたしは、説いた。どこの国の船があのようにわが貧しい国民の治療供応に精魂を傾けてくれるだろうかと。わが国の人間はこの癌病船の供応を、治療を、生涯、忘れることはない。わたしは、まちがっていた。あなたがたは米国籍です。WHO所属です。われわれには、それは遠い、富んだ国の貴顕《きけん》、淑女のみが利用できるにすぎないものだと思いこんでいた。わたしは、不明だった。ルサカ三世を殺すのと、貧しいひとびとの病気治療のどちらが大切かを、痛いほど思い知らされた。国民はルサカ三世を憎んでいる。したがって、それを逃がした癌病船を憎んでいると思っていた。しかし、ひとびとは、癌病船に殺到した……」

「おそかった」

ハリソンは、つぶやいて立った。

「………」

「癌病船船長救出作戦が開始されて、終わった」

時計は十一時四十三分を指していた。

「救出作戦――」

ルンダ・ビエも、立った。一瞬、顔色が変わったが、すぐに、もとに戻った。

「救出したのなら、こちらへ」

その声をハリソンは、背にきいていた。

無線室に、走った。

10

北斗号がセルパ港を出港したのは、五日後の十二月十五日であった。

セルパ港は見送人で埋まった感があった。

銅鑼《どら》が鳴って、北斗号は離岸した。

「微速前進《スロー・アヘッド》」

白鳥鉄善は、ブリッジに立っていた。

セルパ港は澄明《ちょうめい》な大気に沈んでいた。

港を出た癌病船を、ラザール海軍の二隻の駆逐艦が両舷に挟んで伴走している。

その駆逐艦はしばらく伴走して、長い汽笛を放ちながら、艦首を返した。

ブリッジにはゲリー・ハリソンも立っていた。

癌病船は中速から全速前進《フル・アヘッド》に移っていた。巨大な航跡が海を割《さ》いている。

スペイン、バルセロナ港に向けての航海であった。

バルセロナでの癌撲滅会議は無期延期になっている。癌病船はバルセロナに寄港し、十日間の医療集中講義を経て、一月いっぱいは地中海沿岸の各国の港に寄港の旅をつづける。

二月末にイギリス、リバプールでの癌撲滅会議開催。

四月末がカナダのハリファクス、アメリカ、中南米とつづく。

ハリソンも白鳥も無言で洋上をみていた。

白鳥のほおは痛々しいほどに肉が落ちていた。癌病船に戻った白鳥は獄中でのことは何も語らなかった。手枷《てかせ》、足枷をはめられて狭い獄舎につながれていたのは、ハリソンはカーペンターからきいていた。白鳥の気性からして従容《しょうよう》と処刑を待っていたにちがいない。その心境を忖度《そんたく》すると、ハリソンには、何もいえなかった。

ふたたび航海をつづけられる幸運を感謝するのみであった。

船内放送が、パーティ準備のできたことを告げている。

船長が催す全員の慰労パーティであった。乗組員《クルー》、病院関係者、患者すべてを集めてのパーティであった。

「行くか」

白鳥は傍に立ったハリソンをうながした。

ハリソンは黙ってきびすを返した。

パーティはDデッキ全体を使って催された。

白鳥は幾つかにわかれた各会場を挨拶に回った。

どこでも白鳥はひとびとに声をかけられた。とくに患者たちはよろこびをすなおにことばにした。今回にかぎって特別病棟、一般病棟の区別のない混淆《こんこう》のパーティだった。

患者たちは癌病船がふたたび航海に出たことで胸を撫《な》で下ろしていた。退船したのは特別病棟の四十三人のみであった。一般病棟患者はたとえ国際赤十字の援助があったにしても帰るに帰れない事情をそれぞれが持っていた。残った特別病棟の客もそれは同じである。癌病船にいのちを托さねばならない事情があって乗船したひとびとばかりだった。

パーティ会場は安堵《あんど》の笑いに充ちていた。

白鳥は、ひとびとが最後まで頑張ってくれたことへの感謝を伝えた。

もっとも深い安堵は白鳥にあった。ルサカ三世脱出を決意、指示したのは白鳥である。癌病船が航行不能になればその責任は挙げて、白鳥にある。

パーティがはじまって三十分ほどたった頃であった。船内放送がパーティ会場のざわめきを鎮《しず》めた。

それは、退船した患者たちからの連絡を伝えるものであった。つぎつぎと連絡が入っていた。故国に向かう途中から、故国に帰った患者から、それは、相いついだ。癌病船に戻りたい。至急、バルセロナに向かう。乗船を許可されたいというものだった。

船内放送はそれを順に各国語で伝えた。

歓声が沸いた。

白鳥はそのよろこびの声を背にした。

パーティに背を向けてエレベーターホールに向かった。

大月夕雨子が出席していないのは、白鳥は承知していた。夕雨子の死期は迫っている。おそらく、地中海あたりで夕雨子はひとびとと別れるのではあるまいかと思っていた。

Hデッキの夕雨子の部屋を訪ねた。

夕雨子の部屋には担当看護婦の宮地里子と担当医師のカール・フィッシャーがいた。

夕雨子は昏々《こんこん》と眠っていた。

「どうしたのです？」

白鳥の表情が変わった。

フィッシャーは黙って、首を振った。

「危篤《きとく》が近づいています。痛みがはげしくなって、薬で……」

宮地里子の声が、細い。

「そうか」

白鳥は椅子に腰を下ろして、眠りつづける夕雨子を見守った。ベレー帽を目深にかぶっている。帽子の色彩はあざやかだが、夕雨子の皮膚には生色がない。小さな貌だった。七、八歳の少女にみえる。色褪《いろあ》せた唇がかすかに動いている。

「だれかに、石根さんのことをきいたようです。三日前に、わたしに、ほんとうなのと訊《たず》ねました。ウソだと答えたのですが、その日から、食事をとらなくなってしまって、急速に……」

泣きだしそうな宮地里子の表情だった。

「それで」

白鳥はフィッシャーに視線を向けた。

「今日、明日かと……」

フィッシャーは、ことばを濁した。

白鳥は夕雨子の小さな手を把った。体熱が低い。あるかないかの脈搏であった。

——とうとう、死ぬのか、夕雨子。

白鳥は、胸中に叫んでいた。

牢獄から帰船した日の朝、白鳥は夕雨子を見舞った。そのときは夕雨子はまだ、元気だった。白鳥の帰船に泪をこぼしてくれた。キャプテンといって、縋《すが》りついた。

その夕雨子が、死のうとしている。

白鳥が逮捕され、死刑の宣告を受けたと知って夕雨子がどれほど心配しているかと、白鳥は牢獄でそのことをおそれた。夕雨子は石根と白鳥をたよりに生きている。その石根は夕雨子を守って鮫におのが体を与えて死んだ。夕雨子には白鳥しかいなくなった。夕雨子はそのことを知らない。だが、勘づいてはいよう。石根は面会できない状態だといってはあるが、それがいつまでもつづくのは、おかしい。

白鳥にすがりついて泪をこぼした姿に、白鳥は、懸命に堪えていた夕雨子の哀しみを知った。

その夕雨子が、石根の死の全貌を知った。

そして、自らの短い生涯を閉じようとしている。

白鳥は、立った。

病室を出てまっすぐに船長公室に向かった。

途中のインフォメーション・カウンターに寄って、関根を捜してくれるよう依頼した。

公室に戻ってじきに、関根はやってきた。

白鳥は、夕雨子の危篤を告げた。

「夕雨子の両親を呼びたい。費用はすべて、わたしが持つ。しかし、できることなら、生きている間に呼びたい。無理だろうが……」

「やってみましょう」

関根は電話を把った。横須賀基地にあるＣＩＡ支局を呼び出し、極東担当のビンセント・ジェファーズと交渉をはじめた。

イギリスおよびＮＡＴＯ本部向けの軍用機は週に何便か横田基地を飛び立っている。

そのどれかの便に夕雨子の父母の便乗手配を依頼したのだった。

返事はじきにあった。

十五時間後に出るトルコ経由モロッコ行きの便があるという。

白鳥は夕雨子の自宅に電話をかけた。母親が出た。絶句して、泣きだした。白鳥は説得した。時間がない。横田基地に向かうことを承諾させた。電話を終えて、白鳥は空間に視線を向けた。

関根はウィスキーを取り出した。

二つのグラスに注いで、黙って、一つを白鳥に渡した。

白鳥も無言でそれを口に運んだ。

大月夕雨子の危篤が発表されたのは、翌朝であった。船内専用テレビが、ひとびとに告げた。

知ったひとびとはいっせいに祈りはじめた。

夕雨子はムヤンガ・イレーネの唯一の友であり、そして石根利秋を死界から連れ戻し、その石根が夕雨子のために死んでいる。夕雨子を知らない者はなかった。

レストランで朝食をとっていた老婦人が床にひざまずいて、泪声で神に夕雨子の助命を願った。ひとびとがそれにつづいた。

午前十時五分。
白鳥は夕雨子の部屋に詰めていた。
ハリソンが一緒だった。
夕雨子がうわごとをいいだした。

おかあさん、髪を、梳《す》いて。

低い声だった。とぎれとぎれに、そういった。
夕雨子の顔は笑みをたたえていた。
それが最期だった。
小さな笑みを残したまま、夕雨子は死んだ。
宮地里子が堪《た》えかねて、泣きだした。
夕雨子は夢をみていた。
長い、黒くて固い髪をいっぱい持っていた頃の夢をみていた。母に梳《くしけず》ってもらおうとした夢を、みていた。

白鳥は、だれにともなく、それを、説明した。

同席していた総婦長のバーバラが、泪を押えて部屋を出た。

白鳥は夕雨子の瞳を閉じてやった。

ハリソンは、何もいわなかった。

大月雄三、由紀子夫婦が米軍用ヘリで癌病船に乗り移ったのは、夕雨子の死んだ二日後の夕刻であった。

癌病船はモロッコ南部沖、カナリア諸島に北上してきていた。

カナリア諸島一帯は世界でも有数の透明度を持つ海であった。

水葬の準備ができていた。

モロッコ基地に到着した父母との電話で水葬は決まったのだった。

雄三も由紀子も病人のように青ざめていた。蹌踉《そうろう》としている。雄三も由紀子も外国語は理解できない。ジェット機もはじめてだった。疲労に失神しかけながらの地球半周であった。夕雨子への思いだけで体を支えてきたといってもよかった。

泪は涸《か》れはてるほど流していた。

白鳥に支えられてブリッジ傍のサン・デッキに向かった。周《まわ》りの光景は父と母の目には入らなかった。

夕雨子の遺体は冷凍室から運ばれて台の上に安置されていた。キャンバスで包むばかりになっていた。父と母は遺体に取り縋《すが》って慟哭《どうこく》を放った。

父は、日本からしっかりと胸に抱《かか》えてきた線香と香炉、数珠《じゅず》を取り出した。泣きながらふるえる手で線香を立て、灯明《とうみょう》をたてた。

母は慟哭しながら、夕雨子のベレー帽を取って薄化粧をしてもらっている貌をなでようとした。

母の泣き声が熄《や》んだ。

母は電気に打たれたように、のけぞった。夕雨子に脱け落ちたはずの頭髪があった。黒々とした肩まで垂れそうな頭髪がベレー帽の下に包まれていた。生きているようにその髪が動いた。多量の髪であった。それが、微風に揺れた。

「夕雨子！　夕雨子！」

夕雨子の顔を抱えた母の絶叫が走った。

バーバラの発案でととのえた髪だった。バーバラは看護婦に呼びかけた。せめて、夕雨子にふさふさした黒髪を贈って餞《はなむけ》にしたいと。長い髪を持った看護婦は競うようにそれを切った。話をきいた患者の中にカツラ造りの職人がいた。金髪は染めた。あり余るほどの髪が集まった。

それが、いま夕雨子の頭に生きているようにしっかり植えつけられている。

「なぜ死んだの！　夕雨子！　ゆうこ——」

はげしい慟哭が、海に流れた。

ひとびとのすすり泣きが周辺に起こっていた。

やがて、夕雨子の遺体はキャンバスに包まれた。

固く包まれたキャンバスを日本国旗が覆った。

落日が海を染めていた。巨大な落日だった。海を炎の色に染め、癌病船を、サン・デッキを、ひとびとを朱色に染めている。

フルオーケストラが日本国歌を奏《かな》ではじめた。

荘厳な曲がカナリアの海に流れて朱色の残照と交錯して、たゆとうた。

葬送の賦《ふ》が終わると同時に、夕雨子の遺体を包んだキャンバスは海に落ちた。その海も朱色に燃えていた。白い飛沫が湧いた。鉛を包み込んだ遺体は五千メートルの海底に向かって矢のように沈んだ。

父と母が、それを凝視していた。

だれも、しわぶき一つたてない。寂寞《せきばく》の野のような静寂が七万二千トンの巨体の癌病船を埋めた。

その静寂を、かすかな音が破った。

ヴィオラの弦の音《ね》だった。かすかに、オーケストラの一人が奏ではじめた。嫋々《じょうじょう》の弦の音がゆっくり、高くなっていった。

蛍の光だった。

蛍の光、窓の雪、文《ふみ》読む月日——。

弦の音に炎の残照がたわむれた。

第一バイオリンがつづいた。

チェロがつづいた。フルート、オーボエ、コントラバスと、つぎつぎと、奏者が加わった。

それに、ひとびとがつづいた。英語が、ドイツ語が——さまざまな国のことばが一つのメロディに溶けて、残照の海に流れ出た。

夕雨子の死に泪をこぼさない者はなかった。

サン・デッキの端《はし》に目立たないように立った三人のカーペンターの目にも、泪が溜まって、それを残照が染めていた。

カナリアの海から炎の残照は容易に消えそうになかった。

この作品は１９８４年３月に刊行された講談社文庫を底本にしました。なお、本作品はフィクションであり実在の個人・団体などとは一切関係がありません。

徳間文庫

癌《がん》病《びょう》船《せん》

2020年8月15日 初刷

著者 西《にし》村《むら》寿《じゅ》行《こう》

発行者 小宮英行

発行所 株式会社 徳間書店

東京都品川区上大崎三—一—一 〒141—8202
目黒セントラルスクエア

電話 編集〇三(五四〇三)四三四九
販売〇四九(二九三)五五二一

振替 〇〇一四〇—〇—四四三九二

印刷
製本 大日本印刷株式会社

ISBN978-4-19-894583-1 (乱丁、落丁本はお取りかえいたします)

徳間文庫の好評既刊

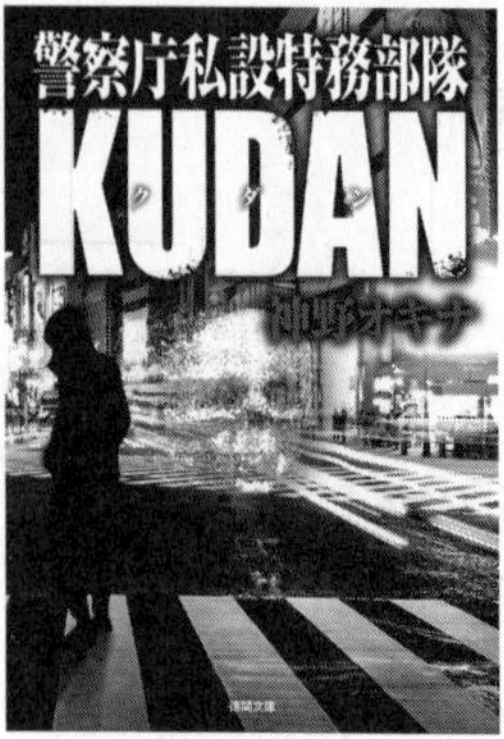

神野オキナ
警察庁私設特務部隊 KUDAN
書下し

犯罪の凶悪化、複雑化に対応すべく、警察幹部から元公安の橋本に密命が下った。超法規的措置も辞さない特殊部隊を組織せよと。彼の元に集まったのは、元ハッカー、元死刑囚、元国税庁職員とそれぞれの分野に秀でているが、ひと癖あるヤツらばかり。

神野オキナ
警察庁私設特務部隊KUDAN ゴーストブロック
書下し

「町を守るんだ」。街頭演説をしていた元議員を刺殺した若者は、そう言いながら自らも毒を飲んで死んだ。同じようなテロ紛いの事件が連続する。警察庁に秘密裡に結成された組織［KUDAN］は、真相を調べ始めた。最強(凶)の部隊、闇に潜む悪を斃す！

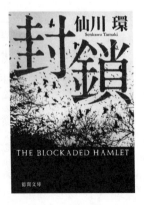

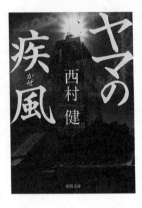